Letters for Emily

エミリーへの手紙

装丁◎坂川栄治＋藤田知子（坂川事務所）
装画◎谷山綾子

私以上に私のことを信じてくれたアリシンへ
そして、
ネイサン、トレヴァー、ダニカ、コービンへ
「ほらね、パパがコンピュータに向かっているときは、
仕事をしてるんだって言っただろう?」

Chapter One

第1章

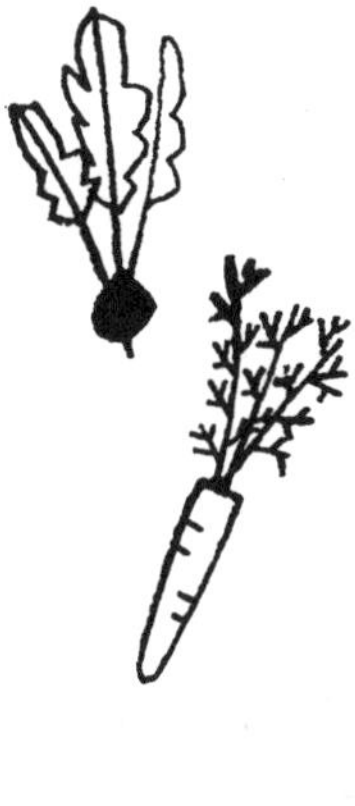

ベッドは冷たくて部屋は暗い。毛布を何枚かけたところでウォサッチの凍《い》てつく風は骨にまで吹き込んでくる。窓に目をやると雪に覆《おお》われた庭が見える。この庭とももうお別れだ。人参《にんじん》が小指の爪ほどの芽を出すのも見られなくなる。春の終わりに蕪《かぶ》がやせていくのももう見ることはない。秋に新じゃがを掘り起こすこともない。ズッキーニを何かごも摘み取って、料理のしかたも知らない近所の連中にいきなり持っていって驚かすことも、もうない。それに、冬が来て、草木が茶色く色づいて死んでいく姿ももう見られない。

生あるものはすべて死ぬ運命にあるのだと、私はこの庭から教わった。何十年もそれを見つめてきた。できることならあと何回か、エミリーとこの庭で夏を過ごしたかった。

孫はほかにもいる。えこひいきするつもりはないが、ほかの孫たちは遠くにいるからめったに会いにきてくれない。エミリーは毎週金曜日に母親といっしょにやってくる。七十以上も歳が離れているけれど、エミリーと私は親友だ。

私の名前はハリー。若いころからすっかり禿《は》げている、ぜんぜんふさふさ《ヘアリー》じゃない男がハリーだなんて、笑える。だが、髪があろうがなかろうが、それが私の名前だ。おやじの名前もハリーだったし、そのまたおやじもハリーだった。息子にも同じ名前をつけた、と言いたいところだが。残念ながらそうではない。息子が生まれていざ名前をつける段になったら、ハリーではなくボブにしてしまった。息子はほとんど訪ねてこない。こうなると、やはりハリーにしておけばよかったという気もする。

不思議なことに、今この身に起こっていることを、恨《うら》めしいとは思わない。だって、そうじゃないか？私はほかの人とくらべてとくにすばらしい人間というわけじゃない。知識も、腕力も、頭の回転も、人並みだ（いや、隣に住んでいるロスじいさんにくらべれば頭の回転は速い。が、ここでそんな話をしたって始まらない）。だから、どうして恨《うら》めしく思う必要がある？

できることなら早く逝《い》ってしまいたい。そうすれば、今のままのハリーおじいちゃんを覚えていてもらえる。おかしくなってからの姿ではなくて。頭のいかれた困った老人と記憶されるのはごめんだ。そう考えただけでぞっとする。実際、私の頭はおかしくなり始めている。アルツハイマーだ——脳の神経細胞をじわじわと退化させていく陰険な病気。こいつが暴れだすと、脳が縮んで衰えていく——空洞ができて、わけのわからない混乱が生じる。治療法はないし、進行を遅らせる手立てもない。

この病気は泥棒だ。最初はほんのときたま、少しずつ奪っていくだけだが、最後にはなにもかもを盗み取る。好きな色も、好きな食べ物の匂いも、ファーストキスの夜も、ゴルフへの愛着も、なにもかも。春の雨はきらめく飛沫《ひまつ》となって降り注ぎ、地表を清めて生命の息吹をよみがえらせてくれるものだったのに、それもただの雨となる。冬が来て最初の吹雪が通り過ぎると、降り積もった雪は地面をふんわりと包み込んでいたはずだったのに、それもただ寒々しいだけとなる。心臓は鼓動し、肺は空気を吸い込み、目はものの形をとらえるけれども、中身は死んでいる。中にあるはずの精神が抜け落ちている。陰険な病気と言ったが、それはこいつが最後には人の存在そのものまで奪うからだ——魂までも。最後にはきっとエミリーのことも忘れてしまう。

病気はまだ初期のはずだが、すでにみんなに笑われるようになってきた。笑われてもしかたない。あまりにも愚《おろ》かなことをするから自分でも笑いたくなる。二日前、私は前庭のアプローチで小便をした。我慢《がまん》できなくて、あのときにはあそこでするのがいちばんいいと思われたから。一週間前、真夜中に目が覚めて台所へ行き、流しの下にしまってあった食器用洗剤でうがいをしようとした。自分では洗面所にいるつもりだったし、あの緑色の液体はうがい用のと同じ色だったから。神経が張りつめる。怖くなって、私は泣く。赤ん坊のように、なんでもないことで泣く。これまで泣いたことなどほとんどなかったのに。

今ならまだはっきりとものを考えることができる。けれども、そういうまともな時間は日々薄れていくような気がする——。自分が存在している時間が短くなっていく。まともな時間は一日に一、二時間しかないが、そのあいだは机に向かって、パソコンのキーボードをがむしゃらに叩《たた》く。古いパソコンだが、充分に用は足りる。これまでボブがくれた中では最高のプレゼントだ。じつに驚嘆すべき機械だ。使うたびに不思議に思う、どうして私の言葉を記憶していくのだろう。生まれたときから身の回りにコンピュータがあるのをあたりまえのようにして育った世代には、真のすごさがわからないだろう。魔法の機械だ。うまくはないが、物語や詩を書くのが好きで、これまでずっと書いてきた。書くことで自分が永遠に生きられるような気になる――。まるでなにがあっても壊されることのない自分の人生を作り上げているような気がする。書くことは刺激的だ。

でも今は刺激を求めて書いているのではない。腰が痛むときも、目がかすむときも、指がちゃんとキーを叩《たた》けないときもあるが、それでも私は書き続ける。今はエミリーのために書く。あの子はまだ七歳だ。私の顔も忘れてしまうかもしれない。皺《しわ》くちゃの手についているこの曲がった指も、肌にできた老人性のシミも、光り輝くこの禿《は》げ頭も、忘れてしまうかもしれない。でも、できることなら奇跡的に、エミリーが私の書いた物語や詩を見つけて、私のほんとうの気持ちをわかってくれればと思う。私のことを友人として覚えていてほしい。これが私のいちばんの願いだ。

時々、ほかの孫たちには書かなくてすまないと思うこともあるが、よく知らないのだから、しようがない。毎年クリスマスにはやってくるが、来てもすぐに帰ってしまう。お行儀はいいが、他人行儀だ。でも、あの子たちが悪いわけじゃない。こっちも悪く思っていないのだから、私のことも悪く思わないでほしい。

今いちばん心配なのは、これを書き上げる前に恐ろしい怪物の手に完全に捕まって、戻ってこられなくなるのではないかということだ。そうなったら私のことは完全に忘れてくれと祈るばかりだ――でも忘れてはくれないだろう――忘れるどころか、ほんとうの私ではない私を記憶されてしまうのだろう。きっと私は軽蔑される。

断じてそうはさせまい。だから、まともな時間に私は書く――エミリーのために書く。

Chapter Two 第2章

「ヘンドリックスさん、どうです、このキッチン？　コーナーの窓の下にもシンクがあって、センターアイランドにもシンクがあって。シンクがふたつ、それにオーブンもふたつ。お友だちのおもてなしにはもってこいの設計です」

ローラは客の女性を急《せ》き立てないように気を遣《つか》ってはいたが、朝からずっとつき合わされていたから時間も我慢《がまん》も限界に近づいていた。また遅れたらエミリーにいやというほど文句を言われそうだ。

「そうね、ここ、すごく気に入ったんだけど。でも、どうしようかしら」太った気難しいこの客は言った。「ねえ、もう一度ピアポントのほうに行って、くらべてみたらどうかしら。もう一回だけ、ね？」

いちおう疑問文の形はとっていたが、それは命令形に近かった。ローラは深呼吸して、自分のいらいらを表に出さないように努めた。

「そうですね。でも、それでしたら明日の朝いちばんにしていただけませんか？　そろそろ娘を迎えに学校へ行く時間なんです。遅刻したら串刺しにされちゃいます」

「明日？　あらだめよ。明日は。午前中に美容院の予約があるから。それに、今日中にこの二軒のうちのどっちにするか決めるって、チャーリーと約束しちゃったんですもの」

ローラはこういう客が大嫌いだったが無理やり笑顔をとり繕《つくろ》うと、これはあれほどやりたいと願った仕事なのだから、と自分に言い聞かせた。彼女は一瞬、思い切ってこっちに決めてしまいましょうよと言いたくなったが、冷静さを失うことなく応対を続けた。

「では、こうしましょう。まず娘のエミリーを迎えに学校までいっしょに行っていただいて、娘を主人の実家へ送り届けてから、あちらの家を見にいく。それでどうでしょう？」

「そうね、じゃあ、まず先に私をピアポントのおうちに送ってくださらない？　で、あなたが雑用をすませて戻ってくるまでひとりでゆっくり見て回ることにするわ」

雑用じゃない、娘だ。ローラはもうキレそうだった。だが、玄関に向かって歩きながら「そうですね」と反射的に言葉が出た。どこでもいいから今すぐこの「クルエラ」を放り出すのが得策だ。

学校に着くと、エミリーは道端に立っていた。いつもはバスで帰るのだが、今日は金曜日だ。金曜日にはローラが迎えにきて、学校からまっすぐ祖父の家に行くことになっている。

「ママ！　早く。早くしないとおじいちゃんと遊べなくなっちゃう」

「大丈夫よ。遅くなってごめんね。でも、今日は十五分しか遅れなかったでしょ。この前の半分。ママも進歩してるってことね」

エミリーはにこりともしないで車に飛び乗った。

「さあ、行こう！」

「で、学校はどうだった？」ローラは話題を変えるために質問した。

「楽しかったけど、葉っぱを紫に塗ったらビリー・メイスンが葉っぱを紫に塗るなんてバカみたいだって言って、それで紫のクレヨンをとっちゃって、それで塗れなくなって、それで先生に言いつけたらビリーはおこられたの」エミリーは息継ぎもしないで言った。

「へえ、それで、そのビリーって子は葉っぱを何色に塗ったの？」

「ビリーは葉っぱじゃなかったの。戦車を描いてたんだけど、赤く塗ってて、でも戦車は赤くないからバッカみたいで、でも、あたしはそんなこと言わなかった」

「そう、偉かったわね。エミリー、絵、見せて？」

「持ってこないかった」

「持ってこなかった、でしょ？」ローラは訂正してやった。

「でもね、別のを見せてあげる」

　エミリーは早く見せたくてうずうずしながらオールド・ネイビーのリュックのファスナーを開けると、お絵かき帳を引っ張り出して、中から何枚か選んだ。

　肩まで垂れた娘の茶色い髪に照り返す陽の光を見つめながら、ローラは自分の七歳のころを思いだしていた――。冒険と発見でいっぱいの、無垢《むく》な時代。エミリーはほら見てと、何枚か差し出した。見ようとして二度ばかりハンドルがぶれた。

「ねえ、あとはおじいちゃんのうちに着いてから見せてもらうわ。ママ、車ぶつけたくないから」

「うん、わかった」と答えると、エミリーはリュックにまた突っ込んだ。「まだ着かない？」

「もうすぐよ」

「ねえママ？」

「なに？」

「どうしてブタはお洋服を着ないの？」

ローラは笑った。「なんですって？」

「あたしたちは人間用のお洋服を着るでしょ？　どうしてブタはブタ用のお洋服を着ないの？」

エミリーはいつも「質問」でいっぱいだ。奥の深い質問もあれば、突拍子のないものもあるが、たいていどれもユーモラスだ。

「今度ブタに会ったときにきいてみたら？」

エミリーはげらげら笑った。「ブタはしゃべらないもん」

「そう、そのとおり。ブタはしゃべらない」

エミリーはそのまましばらく考え込んでいた。

「ママ？」また質問だ。「どうしてブタはしゃべらないの？」

「さあ、どうしてかしら。牛にきいてみましょう」とローラはちゃかした。

エミリーがそれに答える前に車はハリーの家の前に差しかかった。「さあ、もう着くわよ。ブタのことはまたあとで考えましょう、いい？」

煉瓦造《れんがづく》りの小さなハリーの家はミッドバレーのリンカーンストリートにあって、レイクパークにあるエミリーの学校からは車で十五分だ。この辺《あた》りの家はどこも美しく整然としている。通りの両側に立ち並んだ昔ながらの街灯は、周辺を明るく照らすだけではなくて、ノスタルジックな雰囲気をかもしだしてもいた。

ハリーはずっとこの家でくらしてきた。一九四〇年代中ごろに、大工だった弟の手を借りて自分で建てた。彼にとっては最初の家だった。その後、別の家を建てる余裕もあったのだが、彼はここを離れようとはしなかった。たぶん、キャサリンとの生活の思い出が詰まっていたから。

家のすぐ近くまで来ると、道路に停めてあるカーラの車が目に入った。

「やった、カーラが来てる」エミリーは叫んだ。「カーラ大好き。おもしろいんだもん」

カーラの名刺には「老人専門個人ホームヘルパー」と書かれていた。まだ二十六歳だけれど、その堂々たる体格とまん丸な顔のつくりのせいで、十歳は年上に見えた。黒い肌が、いつも着ている真っ白な制服とコントラストをなしていた。看護婦と見まちがわれそうな格好だ。じつは、彼女は五年前にアトランタの看護学校に通ったこともあったのだが、学費が工面《くめん》できなくなって一学期だけでやめてしまった。ホームヘルパーの仕事を始めたのは、四年前に自分の伯母を世話するためにこの地区へやってきてからのことだ。お金は貯《た》まらないけれど、お客はいくらでもいるし、それに、困っている老人の介護をして得られる満足感こそ、かつて看護婦を目指していたころに夢見た報酬なのだと、カーラは口癖のようにローラに話して聞かせた。

カーラのことは、三か月ほど前ハリーがおかしくなり始めたときに、夫のボブが雇った。最初のころは、朝食の支度や、ハリーの体調のチェックや、こまごまとした雑用を片づけに毎朝ちょっと立ち寄る程度だった。それが最近では一日の大半はこのうちにいてハリーの世話をしなければならなくなっていた。

車が停車すると、エミリーは飛び出して玄関までの階段を駆け上がった。ベルも鳴らさずにいきなり家の中に飛び込むと、おじいちゃんとカーラを捜し始めた。

「こんにちはー。ねえ、みんなどこ？」エミリーは叫んだ。

「エミリー？　エミリーなの？」カーラがキッチンで返事をした。

エミリーは声のするほうへ飛んでいった。

カーラは皿を洗っていたが、手に持っていた皿をシンクに置いてエミリーとハイタッチで挨拶《あいさつ》をした。

「待ってるわよ、おじいちゃん」

「またお外？」

「たぶんね。ポーチにいるんじゃないかしら？」とカーラは裏口のほうを指差しながら言った。エミリーはあっという間に出ていった。ようやく入ってきたローラには、ドアをすり抜けて出ていくエミリーの青いズボンがちらりと見えただけだった。

「こんにちは、カーラ」

「こんにちは、ローラ。元気だった？」

「ええ。今日も遅刻したけど、元気よ」

「変えたでしょ、それ？」

「髪？」ローラは笑った。「そう。白髪を抜くのにも疲れちゃって。ヘアピース買ったのよ、先週。地毛の茶色よりちょっと明るいかなって思ったんだけど、気がついたのはあなただけよ」

「うそ？　すごくすてきなのに」

「ありがと。で、彼、ポーチ？」

「ええ、エミリーがもう行ってるわ」

「私もちょっと見てくるわね」

ローラはポーチへの扉にそっと近づくと、エミリーたちの会話を盗み聞きした。ハリーは家の裏手にあるアルミ材の屋根のかかったポーチに置かれたリクライニングチェアに座っていた。ここはハリーが座って庭を眺めるのにはもってこいの場所だった。

「おじいちゃん、こんにちは」エミリーが挨拶《あいさつ》をした。ハリーはなにも言わない。「こんにちはってば！」エミリーは大きな声でもう一度言った。

「びっくりしゃっくり、どならんでくれ」

「やめてよそんな言い方、すっごくヘン！」

「ところで、あなたのお名前は？」ハリーは今度はやさしい口調で言った。

「おじいちゃんたら！　なに言ってんのよ。エミリーでしょ」

「いい名前だ。エイミー」

「おじいちゃん、エミリーよ、エイミーじゃないってば！」エミリーはくすくす笑った。「ね、またチェッカーやらない？」

ハリーはこの質問に戸惑《とまど》っているようだったが、エミリーは祖父の戸惑《とまど》いなどおかまいなしに扉の横の棚までスキップでいって、ゲームを取ってきた。

「黒がいい、赤がいい？」

「えっ？」

「黒がいいか、赤がいいかってきいてんの」

返事はない。この幼い少女がチェックのボードにプラスチック製の色つきのコマをきちんと並べていくのをハリーは一心に見つめていた。エミリーが最初の一手を指すと、彼の目が輝いた。彼は曲がった指を前に突き出して、プラスチックの黒いコマをひとつ前に進めた。

「ねえ、エミリー」とローラは網戸越しに声をかけた。「ママね、ご用があるのよ。ちょっとおじいちゃんのところで待っててくれない？　三十分で戻れると思うの。なにかあったらキッチンにカーラがいるから」

「うん、わかった、いってらっしゃい。ほら、おじいちゃんの番よ」

ローラはもうしばらくこのふたりを見ていた。エミリーみたいな幼い女の子がどうして気まぐれな老人とこんなに気が合うものかしらと考えてほほ笑むと、ゲームの邪魔をしないようにそっとつま先立ちでキッチンへ戻った。

「ほんとうのところ、どうなの？」

「それがね、あんまりよくないのよ」カーラは最後の一枚を拭《ふ》きながら話した。「今日は、午前中は十分くらい夢中になってパソコンのキーボードを叩《たた》いてたけど、そのあとバスルームに入ったらカギの開け方がわからなくなっちゃって、一時間も監禁状態。もう少しで９１１に電話するところだったわ。でもまあ、叫んでるわけでもないし、バスルームなんだから困ったことにもならないと思って。けど、そろそろホームに入れることを考えたほうがいいかもね。こんなこと言いたくないけど。だって、あたしとしてはいちばんのお得意さんをなくすことになるわけだし。でもね、ハリーがけがするとか、そんなのは見たくないの」

ずっと恐れていたけれども、いつかは言われるとわかっていた言葉だった。ここのところ、ハリーは元気がなかった。そろそろ次の段階に進むときだとローラも感じてはいた。

「ありがとう、カーラ。面倒かけて悪いわね。明日ボブに電話して、どうするか話し合ってみる。今週中には決めとくから。あなたに知らせるのは今度の金曜日でいいかしら？」

「ええ、いいわよ。あたしはここに来るのはちっとも嫌じゃないんだから。ホームに入るって決まったら二、三日前に教えてくれればいいの」

「ほんとうに、ありがとう。ところで、先月分の小切手、ボブから送ってきた?」

「もらったわよ、ちゃんと。それより、あなたたちのほうはどうなの?」

ローラは毎週金曜日にここへ来ては、エミリーがハリーの相手をしているあいだにカーラといろいろおしゃべりしていたので、もうかなり親しい友人同士になっていた。それでもボブとの離婚の危機についてはあまり話す気になれなかった。

「あっちは元気にやってるみたい。新しい仕事も気に入ってるようだし」

「あっちはいいのよ、どうでも。あなたは、どうなの?」

感情的にはなりたくなかった。そうなったら気弱になって、人に頼りたくなってしまう。ここは踏ん張りどころだと、ローラは唇を嚙《か》んだ。

「私のほうも大丈夫。またもとどおりやり直せるんじゃないかって、お互い頑張ってみてはいるんだけど、なかなかね」わずかに声がうわずったが、カーラには気づかれなかった。

「ホント、男って!」カーラは憤慨して言った。「だからあたしは結婚しないの」

ふたりで笑った。

「あ、そうだわ、私また行かなくちゃいけないのよ。お客さんを売りだし物件の家にひとりで残してきちゃったから。ほんとうはいけないんだけど。ね、エミリーを置いてってもいいかしら——。もう少しここにいてくれると助かるんだけど」

「いいわよ。エミリーのことはご心配なく」

「ありがとう。なにかあったら携帯持ってるから」

「どうぞ、ごゆっくり」

　ローラは彼女をさっと抱きしめると、小走りで車に戻った。携帯電話のスイッチが入っていることを確認してから助手席に置くと、ミセス・ヘンドリックスの待つピアポントの家へ向かった。

　そろそろ人からボブのことをきかれるようになってきた。どうなってるのときかれたら、なんて答えればいい？　なにをきかれても感情的にはなるまいと決めていた。カーラの前ではうまくできた。でも、ハリーの家から離れたとたんに後悔した。友だちなんだから、ほんとうのことを言えばよかった。化粧で目の下の隈《くま》を隠しているのだと言えばよかった。目薬で目の充血を抑えているのだと言えばよかった。ひどく心が痛んで、ときにはほんとうに心臓まで痛くなってくるのだと。夜眠れなくて、朝ベッドから起き上がれないこともあるのだと。そういうときにはいつもエミリーのことが心配になるのだと。みんなが噂していることはわかっている。でも、なんて言えばいい？

　六つ目の角まで来たときに、彼女は泣きだした。

Chapter Three

第3章

ミルクを一杯、クッキーを三枚、おやすみ前の物語をふたつ、それからやっとエミリーをベッドに入れて毛布を二枚肩までかけた。

毛布二枚の儀式は四歳のときに始まって以来、ずっと続いていた。たまたまそういうことになってしまったのだ。すっかり擦《す》り切れていたエミリーの毛布を新しいものと取り替えようと決めたものの、この子からそのボロを取り上げるのは、たとえ洗濯するだけのときでも至難《しなん》の業《わざ》だった。そこで思いついたのが、新しい毛布を二枚与えて、かわりばんこに洗濯するという方法だった。少なくとも、それがいちばん楽な解決方法に思われた。手放したものが二倍になって戻ってきたのだから、エミリーは金でも掘り当てたかのように大喜びだった。初めて二枚の毛布を手にした晩、エミリーは顔の両側に毛布を引っ張り上げて、口と鼻だけをかろうじてのぞかせていた。

「ねえ見て、カンガルーの赤ちゃん」

それからは毎晩毛布を二枚かけて寝ると言ってきかなかった。これで根本的な問題は倍増した——洗わなければならない毛布が二枚になったのだから。

「はい、これで眠れるわね？」ローラはそうきいてから、娘の頰《ほお》にキスをした。

「うん。いっしょに寝てくれないの？」

「もう本も二冊も読んだし。さあ、おやすみのキスをしてちょうだい。ママはまだご用があるから」

「わかった、おやすみなさい、ママ」

「おやすみなさい」

ローラは電気を消すと、夫婦の寝室へと向かった。ベッドに放り投げたままになっている手紙の山を見つめた。不安がよみがえってくる。ハリーの家から戻ってきて手紙をより分けたときから、気づいてはいた。いつもの請求書やかさばるダイレクトメールの中に混じっている上等な白封筒。差出人の名前を見て気持ちが乱れた。エミリーの前では泣きたくなかった。だから、すぐにまたほかの手紙といっしょにして、それのことは頭から締め出しておいた。この時間になってやっと、しんと静まった寝室の中でひとり、その封筒を引っ張り出して見つめた――「バグリー＆モリス＆ラティマー弁護士事務所」

これが来ることはわかっていた。何日か前にふたりで話し合ったのだから。でも、そのときは現実のこととは思えなかった。自然にもとどおりになるというかすかな希望の光にずっとしがみついていた。爪やすりで封を切ると、厚手の上質紙を取り出した。文面は彼女の弁護士に宛てたものだったが、これと同じ手紙を送った先が列挙されていて、そのいちばん下に彼女の名前が、アンダーライン入りで書かれていた。宛て名だけを差し替えていろいろな人に送りつけてくる挨拶《あいさつ》状かなにかのように見えた。だが、彼女が今手にしているこの一通は、「いろいろな人」に送られてくるものではなかった。彼女に送られたものだった——それは彼女の十一年間の結婚生活が目の前で崩れ始めたことを意味していた。そんなことあり得ないのに、でも、彼女の手の中には動かぬ証拠があった——終わりの始まり。

手紙の用件は、友好的な離婚に向けての細かい取り決めをするために、両者の弁護士を交えての話し合いをいつにするかというだけのものだった。それでも読んでいるうちに、涙がにじんできた。いったい私のどこが嫌いになったの？　確かに口喧嘩《くちげんか》は何度もしたけれど、うまくいっているときもあった。楽しくて笑いと希望に満ちあふれていたときもあった。彼の出ていく数週間前のあのときだって、そうだ。たまたま昼間にふたりきりになって、子どもみたいにはしゃぎながら屋根裏部屋で追いかけっこをした。彼は彼女を捕まえると、そのまま隅のカウチまで連れていって、ふたりは愛し合った。甘くてすてきなひととき。これを機にまたうまくいくようになるかもしれない。そう思ったのに、それから何日もたたないうちに、つまらないことで喧嘩《けんか》になって、ふたりの仲はまたおかしくなった。そして、三週間後に彼は荷物をまとめて、仕事が見つかったからサンディエゴに引っ越すよと言った。まるで大したことではないかのように——まるで、夫が家族を捨てるなんてことは日常茶飯だとでも言うかのように。

一年前にふたりはカウンセリングを試したこともあった。でも、二回目を受けたあとで、ボブはもう嫌だと言った。彼女にはカウンセリングはうまくいっているように思われたが、彼には責任がぜんぶ自分になすりつけられているように思われた。ふたりの関係はもうとっくに終わっていたのだろうか？　あの楽しい日々はなんだったのだろう？　女ができたのかもしれないとも考えた。もし隠しているのだとしたら、名人級としか思えない。なんの証拠も見つからなかったし、本人に直接きいたときにも、そんなものいるもんかときっぱり否定されてしまった。

ローラはベッドに手紙を放ると、ティッシュを取りにバスルームへ走っていった。鏡の前に立ち、自分の顔をじっくりと見た。目尻に少し皺《しわ》がある。お化粧で隠したはずなのに、隠しきれなかった。もっと若い子を求めているのだろうか？　自分はそんなに薄っぺらな男と結婚したのだろうか？

ティッシュを手に寝室に戻ると、ベッドの上で体を丸めてこれからどうしようかと考えた。十一時、ようやく涙も乾き、彼女は服を脱ぐとバスルームへ行ってシャワーを浴びた。温かい湯は心地よく、そのままタンク式の給湯器のお湯がなくなるまで浴び続けた。今日もまたひとりで寝る。そう考えただけで嫌気がさして、彼女はもたもたと寝巻きに着替えた。ベッドに入るとシーツは冷たく、温まるまで掛け布団の下で震えていた。四十五分たったが、まだ眠れない。彼女は寝返りをうつと、サイドテーブルの上の電話に手を伸ばした。

六回鳴ったところで彼がでた。「もしもし」

寝ぼけた声が聞こえた。おかしな話だが、彼を叩《たた》き起こしたと思うとそれだけでうれしくなった。

「ボブ、私。今ひとり？」

「ローラ、どうした？　エミリーになにかあったのか？」

「元気よ、あの子は。でも私はだめ」悲しみが怒りに変わりつつあったけれども、なんとか抑えた。

「なんだよ？　どうしたんだ、ローラ？」そうは言ったものの、彼はまだ頭がはっきりしていなかった。

「ねえ、ほんとうに終わりなの、ボブ？　こんなふうに？」

間があった。彼は答えた。

「手紙――届いたのか？」

「そう、届いたの」彼女は必死で平静を保とうとしたが、怒りがこみ上げてきて抑えきれなくなった。

「きっと大喜びで電話してくるだろうって思ったんでしょ？」

「ローラ、話し合ったじゃないか。わかってたはずだ」

「わかってたはず？　そこよね、問題は。結婚して十一年にもなるっていうのに、私にはぜんぜんわからなかった。私って、よっぽどばかなのね」

彼女がどなり始めたので、彼のほうも緊張してきた。

「なあ、落ち着けよ。手紙のことだよ。わかってたはずだって言ったのは。話しただろう、ただの形式的な手紙が行くって。弁護士はそういう段取りでやるもんなんだって。今度の週末にはエミリーに会いにそっちに行くから、そのときに話そう」

彼は返事を待ったが、ローラがいつまでも答えないのであわてた。

「ローラ？　そこにいるのか？」

「いるわよ」悲しみがまた怒りにとって代わった。「いるわよ、ここに。――ボブ、私はここ、あなたはそっち、で、小さな女の子がそのあいだで宙ぶらりんになるの」

「ローラ、ベッドに入って休んだほうがいい。週末にまた話そう。な？　ああそうだ、ハリー、どう？　元気にしてる？」

彼女は間を置いてから答えた。「ええ、元気よ。元気」

彼女は受話器を戻すと、仰向けに寝転がり、顔の上に枕を押しつけた。

目覚まし時計が鳴ったとき、外はまだ暗かった。彼女はなんとか世間と断絶してこのままベッドの中にいたいと願った。明け方近くまで寝つけずに悶々《もんもん》とした一夜を過ごした。あと十分でいいから平和でいたくて、彼女はスヌーズボタンをぴしゃりと叩《たた》いた。再度目覚ましに夢を破られたときにはまだ数秒しかたっていないように思われた。「わかったってば！」彼女はけたたましくなりつづける時計にどなりつけた。

「うるさいわね！」

エミリーを見にいくと、あまりにもぐっすり眠っていたので、まず自分がシャワーを浴びてから起こすことにした。バスに乗り遅れたら、会社への行きがけに学校まで送ればいい。十分してからまたエミリーの部屋へ入り、電気をつけた。

「さ、起きて、お寝坊さん。今起きないと、バスに乗り遅れちゃうわよ」

エミリーはわずかに身じろいだ。

「起きなさい、遅刻するわよ」彼女はベッドまで行って寝ている娘を揺り動かした。エミリーはかすかなうめき声を上げて、寝返りを打つと、時計を見てから起き上がり、目をこすった。頭がこんがらがっているようだった。

「ほら早く。ベッドから出て支度しなさい」
二、三秒考えてからエミリーは母親を見てつぶやいた。「ママ、ベッドに戻ったら。今日は土曜日よ」そう言うと、エミリーは母親の顔に目をとめたままベッドに身を倒し、毛布のぬくもりの中へと戻っていった。
娘にこう言われてローラははっとした。戸惑《とまど》いながらも曜日を数えてみた。一瞬、間があって、ふたりは爆発したみたいに笑いだした。

Chapter Four
第4章

ボブがランニングシューズのひもを結んでいるときには小雨が降っていた。こんなに朝早く出かけるのはジョギングをする人くらいのものだ。昨夜はほとんど眠れなかったのに、今朝はすんなりと起きられて、自分でも驚いた。どうしてローラはいつもすぐに逆上してしまうのだろう？　それも夜中に。どうして昼間や夕食時には爆発しないのだろう？　どうしていつも決まって夜中の零時とか一時なのだろう？　彼はガレージに入って片方の靴にカギを結びつけると、ストレッチを始めた。最近テニスをやめて走ることにした。ジョギングのほうがずっと運動になる。それに、カントリークラブでのおきまりのコースにも飽きてきていた。朝日を浴びて海岸を走る——もうこれしかない。

脚のストレッチを充分にしてから表へ出ると、まずはゆっくりしたペースで水辺に向かって走った。家から海岸までは五ブロックあるからウォーミングアップにはちょうどいい距離だ。雨はもう霧のようになっていたが、じきにこれが心地よく感じられてくるだろう。

海岸に着くと、いつもの早朝ランナーたちが海岸沿いの歩道や砂浜を思い思いの方向に走っていた。顔なじみもできたが、時々「やあ」と声をかける程度だった。ここへはみんな運動をしにきてるのであって、社交をしにきてるわけじゃない。靴底が目の詰まった湿った砂を蹴《け》るたびに、筋肉が引き締まる。彼は右に曲がった。道順はいつも決まっていて、まず桟橋まで北に向かって一マイル行って戻り、次に反対方向の岬まで二マイル走る。それでここまで戻れば六マイル走ることになる。あとの家までの五ブロックは歩いて体の熱を冷ますことにしていた。彼は生真面目《きまじめ》なたちだから、いったん始めてからは一日も休まず、それは見た目にも表れていた。日焼けしているだけではなくて、筋肉に張りが出て引き締まってきた。そこらにいる三十六歳の男たちよりはよっぽどいい、と自分では思っていた。

今日は週末だけれども、医大の若いインターンたちとランチをとる約束があった。若いうちに捕まえろ、というのが会社の教えだった。支度の時間を計算に入れても、今日はまだ二、三時間余裕がある。それにしても、どうしてもっと早く海岸を走ることを思いつかなかったのだろう。波の音を聴くと心が穏やかになるし、朝の潮風はリフレッシュに最適だ。いつかエミリーも誘ってやらなくては。あの子もここの海が気に入ってくれるだろう。だが、ローラは許してくれるだろうか？　彼女の許しは必要なのだろうか？　最近のふたりは何事につけても意見が合わないから、今度もやはり彼女は反対するだろうか？　ふたりの関係はかなり行き詰まっていた。いつからお互いの心がこんなに離れてしまったのか、正確にはわからない。何年ものあいだに徐々にそうなっていったのだろう。ローラは今でも丸くおさまるだろうという希望を抱いている。けれど、ローラにとっての「丸くおさまる」は「ボブのせい」ということだ。あのカウンセリングのときだって、そうだった。

「ボブさん、今の気分を話してください」

「気分はいいです」

「そうじゃなくて、ほんとうのところを話してください」

　こんなことをあと二週間も続けるのかと考えただけで吐きそうだった。ふたりの意見が食いちがうときは決まって、彼のほうが悪いということになった。「昔はもっと気を遣《つか》ってくれたのにね」とよくローラは言っていた。彼はジョギングをしながら首を振った。「だからなんだって言うんだよ？」それにローラはちょっとしたことにもすぐにかっとなった。たとえば、あの離婚調停の手紙——届くことはわかっていたはずだ。先週の金曜日にふたりで話したのだから。なのに、真夜中に電話してくる。べつに家族を見捨てようというわけじゃない。彼としてはそう思っていた。エミリーの養育費だって喜んで出すつもりだ。離婚なんてだれだってしてるのに、なんでそう大騒ぎするんだ？　ローラは新しい仕事のせいで別居することになったと思ってる。ただの口実だということがわからないのだろうか——長いあいだ決めかねていたことに決着をつけるための口実なのだと。そう、彼には別居は正解だと思われた。新天地で心機一転、人生を取り戻せるような気がした。ローラだって乗り越えてくれる。彼女は強い。強いというより——かたくなだ。それからエミリーだって、おとなになったらわかってくれる。

　霧雨と汗とでシャツが濡れた。桟橋に着くと、シャツを脱いでウェストポーチの辺《あた》りに巻きつけて、また来た道を戻った。

この仕事は彼の夢だった。最初はレイクパークの医薬品会社に勤めた。いい会社だったけれど、任されていたのはつまらない地域だった――。ただの田舎町《いなかまち》で、営業と言ってもそれなりの数の医者たちを訪ねて回るだけだった。ありがたいことに能力が認められた。今彼が受け持っているのは、サンディエゴも含む南カリフォルニアほぼ全域で、収入も二倍以上になった。結婚生活に問題を抱えていることを除けば、これ以上の暮らしは考えられなかった。

「ボブじゃない？　ボブ・ホイットニーでしょ？」彼は名前を呼ばれて振り返った。すらりと引き締まった体の若い女性が話しかけてきた。見覚えはあったが、どこで会ったのかは思いだせなかった。

「シンシアよ。シンシア・ジョーンズ。ブライトマン先生のところの」彼女はそう説明した。そうか！　見違えるもんだ！

「やあ、君か。看護婦の格好じゃないからわからなかったよ」

黒いジョギング用パンツにだぶだぶの白いTシャツ、黒いスポーツブラが透けて見えていた。

「この辺に住んでるの？」と彼女はきいた。

「ああ、五ブロック先のウェストリッジロード」

「へえ。私はカンタベリー。ここまで車で来て走ってるの」

ボブはカンタベリーがどの辺《あた》りなのか思いだそうとしたが、通りの名前は苦手だった。

「よく走ってるの、ここ？」彼はきいた。

「ええ、毎朝、同じ時間に」

「驚いたなあ。今日まで会わなかったなんて」

「広いもの、この海岸。すれちがってもお互い気がつかなかったのかもしれないし」

それはないだろうと思ったが、彼はうなずいてみせた。次の言葉が見つからなくて、気まずい沈黙が流れた。

「じゃあ」やっと彼女が言った。「もうジョギングに戻してあげなくちゃね」それからつけ足すように「そのうちいっしょに走らない？」と言った。

「いいねえ。楽しみにしてるよ。そうだ、マイクに今週の後半あたりに行くって言っといて。また薬のサンプルを届けるからって」

「わかったわ。じゃあ、頑張りすぎないでね」

彼女は笑って踵《きびす》を返すと走り去っていった。海岸に向かって走っていく彼女の日に焼けた長い脚を眺めながら、短パン姿だとこうもちがうものかと、あらためて感心した。

岬のほうに向きを変えると彼も走った。いっしょに走る？　ただの社交辞令？　それとも、もっと深い意味があるのか？　家を出てから一度もデートはしていなかった。チャンスがあればしていたかもしれない。ただ、新しい土地での仕事の基盤を固めるために、残業のしどおしだったし、二週間に一度はエミリーに会いにいくのに週末を使っているから、人とつき合う時間などほとんどなかったのだ。ま、そのうちチャンスもあるだろう。彼女のうしろ姿がまだ見えるかと思って振り返ったが、もういなかった。彼はペースを上げながら波打ち際を走った。潮を含んだ霧雨が、今朝はとくに心地いい。テニスをやめて朝の海岸を走ることにして、ほんとうによかった。

まだ暗いうちに目を覚まして、彼は時計を見つめた。朝の六時だ。いや、夕方の六時か？　いつ眠ったのかも覚えていなかったが、眠っていたようだ。きっと朝だ。じゃなかったら、外はまだ明るいだろうから、と彼は考えた。ベッドから起き出して、だぶだぶの茶色いズボンをはいた。ベルトをぎゅっと締めて、ズボンを引き上げた。昨日と同じシャツを着ているとキャサリンに叱られる。クロゼットを引っ掻き回して、ここ何日間かは着た覚えのないシャツを見つけた。それを着て、胸元までボタンをかけた。靴ひもを結ぶのは大変だから、茶色い室内履《ば》きをつっかけて、足音を忍ばせながらキッチンに行った。彼女を起こしたくなかった。彼はいつも早起きだったが、彼女は朝寝坊だった。それに、キャサリンはゆっくり寝かせてあげた日は一日中機嫌がよかった。

キッチンに入ると、ソルティンクラッカーを六枚取り出して、バターをたっぷり塗った。冷蔵庫に残っていたバターミルクをコップに注ぎ、立ったままで食事をした。やることがたくさんあるのに、ここで座ってくつろいでしまったら、立ち上がれなくなるかもしれないから。

小屋の戸を開けると、中は真っ暗だった。空中で手を乱暴に振り回して電気のひもを探ったところ、どうやらうまいことフランネルのシャツに引っかかったようで、電気がついた。作業台の上は昨日——あるいはおととい——やり残したままになっていた。今日この表紙を完成させれば、間に合うかもしれない。あとやるべきことはなにか、じっくり考えてから彼は目を輝かせて、作業台を開けると、二重底をはずした。連中がこれを知ったら。彼は子どもみたいに笑った。引き出しの中の金貨がきらりと輝くと、彼はふっと手を止めて、考えた。キャサリンは金色が大好きだった。あの金のドレスを着た彼女は女王様みたいだった。心がどこかへすり抜けていきそうになり、彼はあわてて気持ちを集中させた。今仕上げなければ、連中は永遠に知らないままになってしまうかもしれない。

彼はゆっくりと、しかし、綿密に作業を続けた。難しい作業ではなかったが、完璧にやるには時間がかかりそうだった。昔のように指が動きさえすれば——病気に肉体を蝕《むしば》まれる以前のように。

彼は表紙となる板の上に布をかぶせて手で押さえ、糊《のり》が乾くのを待った。手はじっと動かなかったが、心はどこか遠くへ漂っていった。

彼女が起きたらキャンプの道具をおんぼろフォードに詰め込んで、山に行って週末を過ごそう。いろんな花が咲く時期だし、天気もよさそうだ。小川のほとりのいつもの場所にテントを張って、せせらぎに耳を傾けながらお互いの腕の中でまどろむんだ。朝日が木々のあいだを抜けて、テントの入り口から差し込むと同時に起き出して、火をおこしてベーコンエッグを作ろう。彼女が目覚めるころには朝食の支度ができていて、ふたりで食べて、それから昔のように原っぱで追いかけっこをする。昼になって気温が上がったら、そして、もし彼女さえその気なら、前みたいに裸になって川で泳げるかもしれない。そしたら彼女にキスをして、もう一度、すまなかったと言おう。きっと彼女は、いいのよとささやいてくれるだろう。今でも愛しているわと——。

車の音にはっと我に返った。どれくらいここに突っ立ったまま布地を押さえていたのだろう。もう糊《のり》もすっかり乾いて、しっかり貼りついている。今日はこの作業しかできなかった。続きはまた明日だ。明日はもっと集中してやろう。引き出しをしまうと、電気を消して、裏庭に面したポーチまで足を引きずるようにして戻った。疲れたから座ってゆっくり休みたかった。

カーラが入ってきたときには、彼はお気に入りの椅子《いす》に何事もなかったかのような顔をして座っていた。

「おはよう、ハリー。早いのね」彼はなにも言わない。

「朝ごはんはなにがいいかしら?」返事は最初から期待していなかった。彼はめったに返事をしなかったから。でも彼女が用意するものはたいていなんでも食べた。だから、今日もいつものオートミールか、粗挽きのとうもろこしか、どちらかでいいだろう。

彼女がキッチンへ戻ろうとすると、ハリーが振り返った。

「今日はベーコンエッグがいい。ベーコンエッグだ。それを食べたら川に行って、裸で泳ぐぞ」

Chapter Five 第5章

ローラは手紙が気になってしかたなかった。それまで弁護士の手紙など受け取ったことがなかったから、気がもめた。一方的で押しつけがましい手紙だ。月曜の朝いちばんに彼女は自分の弁護士に電話をして、助言を仰ぐと、これは決まりの手順なのだといわれた。スケジュールの詰まっている弁護士と、二週間に一度しかこちらへ来ないボブとの予定が合うのは早くても四週間は先になるだろうとのことだった。「四週間もあればいろいろとあるとは思いますが」弁護士は言った。「とにかく辛抱して、感情的にならないようにしてください」

彼の言うことはもっともだけれども、そんなふうにあっさり言うなんて、冷酷無情な人間かと思ってしまう。十一年間もの結婚生活が打ち砕かれようとしているのが、この人にはわからないのだろうか？　この人は独身か、でなければ離婚訴訟を仕事にしているせいでなにも感じない冷血人間になってしまったのだ、とローラは思った。それでも、反論もせずに彼の助言に同意した。とにかく週末にボブがなんと言ってくるか待とう。

会社では仕事に追いまくられていたが、彼女にとってはありがたいことだった。忙しいおかげで、自分の境遇を考える暇などなかった。社長のグラント・ミドグレーによると、ローラはこの仕事を始めたばかりにしては、優秀な人材だった。不動産専門学校を卒業したのち、州の資格試験に見事な成績でパスして、二か月前からこの会社の営業スタッフとして働いていた。ボブがサンディエゴに行ってしまうとすぐに、ローラはなにか安定した職に就こうと決心した。生活費はボブが出していたからお金に困るということはなかったけれども、将来への不安が彼女の背中を押した。

不動産の仕事は天職のように思われた。父親も生涯不動産仲介の仕事をしていた。この業界の専門用語には昔から馴染《なじ》んでいたから、あとは楽だった。彼女は歯切れがよくて朗らかで、離婚の話し合い以外のときはユーモアのセンスもあった。服の着こなしもそれらしく、いかにも腕利きの仲介業者という感じだった。それに、これは自分が楽しんでやれるだけでなく、エミリーのために時間をやりくりできる仕事でもあった。

ミドグレー不動産は山のふもとに新しく開発したリバーメドウズの販売を任されていた。日曜の新聞に広告が載ってからは電話が鳴りどおしだった。火曜日は遅くまで会社にいて電話の応対をすることになっていたから、エミリーのことはお隣の家に頼んであった。水曜日と木曜日は客を連れて販売物件を見せて回った。中には見込みのありそうな客もいた。その週のトップニュースは金曜日の朝に舞い込んできた。ミセス・ヘンドリックスがピアポントの家に決めたと電話してきたのである。契約申込書が用意され、サインされ、受理された。大きな家だから、仲介料もかなりの額になるだろう。その日は早めに退社して、エミリーが出てきたら、ふたりでお祝いをしようと思った。学校へは子どもたちが出てくる前に着いた。

「やっと出てきた」エミリーが近づいてくるとローラはわざと意地悪く言った。「もう待ちくたびれちゃった」

「どうしたの、ママ？　早いじゃない」エミリーはびっくりしていた。

「そうよ。今までのママとはちがうんだから」

「へぇー、そうなんだ」そのいやみな言い方があまりにもおとなびていたので、ローラは笑ってしまった。

「いいニュースがあるの」

「パパ帰ってくるの？」

「それは――ええ、パパは今夜こっちに来るけど、いいニュースっていうのはそれじゃなくて。この前話したおばあさんが、大きなおうちを買ってくれたの」

「あのけちばあさん？」ローラはひるんだ。自分はあの人のことをそんなふうに言ってたのだろうか？

「けちだったけど、今はいい人なの」

「今日パパのお迎え行く？」エミリーはローラの仕事にはぜんぜん興味を示さなかった。

「行かないわよ。パパはいつだって空港でレンタカーを借りてくるじゃない」別居してすぐのころはボブが帰ってくるたびに迎えにいっていた。しかし、緊張が高まるにつれて、向こうからは頼んでこなくなり、こっちからも言い出さなくなった。

「ママ、パパはいつまでサンディエゴでお仕事するの？」

こう質問されて、ローラは返事に詰まった。エミリーにはふたりのことをまったく説明していなかった。もしこのまま丸くおさまるものなら、今話して無駄に精神的打撃を与えることもない。パパがおうちにいないのは仕事のためということにしてあった。でも、ここまでくると、エミリーのためにというよりも、自分のためにこの嘘をつき続けているような気がしてきた。

「さあどうかしら。お仕事すっごく忙しそうだから」

「じゃあ、あたしたちがあっちに行く？」

「今日はずいぶん質問が多いのね」

「ねえ行かないの？」

サンディエゴでの仕事が決まったとき、ボブからいっしょに来ないかと誘われたのだが、喧嘩《けんか》ばかりで最悪の状態になっていたし、彼が家を出る口実を欲しがっているようにも思えたので、素直に同意できなかった。結局、ふたりで話し合って、試しに別居してみることにした。そうすれば、ふたりの結婚にはまだ救うべきものが残っているのかどうかもわかるかもしれないから。

「パパはね、今はとにかくお仕事がうまくいくように頑張ってるのよ」

嘘だった。エミリーだって両親がうまくいっていないことは感じとっている。

「ママとパパ、離婚するの？」

「離婚って、なんだか知ってるの？」ローラはエミリーの質問をかわしたくて、逆に質問し返した。

「だって、ジェニーのパパとママは離婚しちゃって、それで、今は憎み合ってるんだって。ママはパパを憎んでる？」

「そんなことあるわけないでしょ。ただちょっと、今はいろいろ考えなくちゃならないことがあるの。今は気持ちがばらばらになっちゃったってことね」よく聞く言い訳だった。でも、今の彼女には精いっぱいの言い訳だった。

「それって、どういうことなの？」

「パパとママは今は仲良しじゃないってこと」

エミリーはしばらく黙って座っていた。「先生がね、仲良しできないときは、お休み時間のあいだずっと並んで座っていれば、またお友だちになれるって」

「あ、いいこと思いついた」ローラはささやいた。「ねえ、大きなおうちが売れたお祝いに、アイスクリーム食べない、おじいちゃんちに行く前に？」

「いい。アイスクリーム嫌いだから」

「いつから？　キャラメルソースのかかったバナナ・ナッツ・サンデー大好きでしょ？」

「もう好きくない」

ローラは言葉を直してやる気にもなれなかった。

「わかった。じゃあいいわ、べつに」いいわけがない。ぜんぜんよくない。両親の離婚した家庭をいくつも見てきたが、いつだっていちばん傷つくのは子どもだ。エミリーをそんな目に遭わせるわけにはいかない。

ハリーの家の前の歩道に車を寄せてエンジンを切った。エミリーは車から飛び出して玄関めがけて走っていった。ローラがキッチンに入ったときにはエミリーはもう裏庭に行っていた。

「カーラ、元気」

「ねえ。エミリーどうかしちゃったの？　あたしには目もくれないで。ズボンに火がついたみたいに裏庭に突進して行ったけど」

「まずいことになってるって、わかってきたんだと思う。きっと怖いのよ――私だって怖いもの、ほんと言うと」

「まあ。つまり、ボブとは悪くなるいっぽうってこと？」

「そういうこと。このあいだ、初めて弁護士から手紙が来たわ。これでいよいよ……」

「ねえ、とにかくあきらめないで。こっちにだって、いい弁護士がついてるんでしょ？」

「たぶん。でも、なんか、みんな同じじって感じがしちゃって――冷血人間って感じ。弁護士の悪口は言いたくないけど。とにかくエミリーが傷つくのだけは見たくないのよ」

「弁護士なんてみんな同じ。でも、これだけは聞いて。弁護士は意地悪そうなのに限るんだから。あとで絶対よかったたって思うわよ」

カーラが本気で心配してくれているのがわかった。ローラは彼女の目を見てそっと言った。「カーラ、友だちでいてくれてありがとう。ほんとうにありがとう」
「お礼なんて、言わないでよ。立場が逆だったらあなただってきっと同じようにしてくれるでしょ？」

「そりゃあね。でも、ありがとう。ところで、あんまり聞きたくないけど」ローラは話題を変えた。

「今週はハリーどうだった？」

「それがねえ、昨日大変だったのよ」と言って、彼女はけらけら笑いだした。

「なにがあったの？」

「もうホント、すごかったんだから」

「なによ、ちょっと、一日中笑ってて話してくれないつもり？」

「わかったわかった、話すって。ハリーったらね、三十分くらいすごく静かだったのよ。それでピンとこなくちゃいけなかったんだけど」

「うん、どうしたの？」ローラはせっついた。

「ほら、この前いっしょに金色のペンキのスプレー缶をぜんぶ片づけたでしょ？　ところが、ハリーがひとつ小屋のどこかに隠してたみたいで」

「え、うそ？」

「ホント。あんまり静かだったからさすがに気になって、見にいったのよ。そしたら、あの緑のデッキチェアが……」

「ええ」

「もう緑じゃないの。今や金のデッキチェアよ」

カーラの話を聞きながら、ローラも笑いだした。

「外に出てみたら、ハリーったら、その金の椅子《いす》にどっかり座ってるの——。体中に金のペンキがくっついてるっていうのに、世界一の王様ですって顔してほほ笑んでるんだもん。こっちは怒る気力もなくなっちゃって。一時間以上そのままそうやって座らせておいたの。お昼ごはんまでにはなんとか椅子《いす》から引っぺがしたけどね」

「あなたって、ほんと、いい人ね、カーラ」と言うと、ローラの声は真剣になった。「で、ハリーは自分のしてることがわかってたの？」

「ううん、あんまり。ねえ、ホームのこと、話し合う時間あった？」

「うん、そのつもりだったんだけど、そこまで切りだせなくて。ごめんなさい。今夜ボブがこっちへ来るから。今度こそちゃんと話してみるわ、もう泣き叫んだりしないって決めたし」

「ねえ、あなたにはハリーのことよりもっとずっと深刻な問題があるんだから。そっちを先に話すのよ」

「ありがとう、カーラ。そっちもどうにかしなくちゃね」

ちょうどそのとき、ものすごい叫び声を上げながらエミリーがキッチンに飛び込んできた。

「どうしたの、エミリー？」ローラはぱっと立ち上がってきいた。

「おじいちゃんが、あたしにツバかけた」エミリーは泣きながら言った。

「なんですって?」ローラは自分の耳を疑った。

「見て!」エミリーはふたりに見えるように脚を差し出した。ローラがバッグからティッシュを出している あいだも、エミリーはずっと泣きじゃくっていた。

「おじいちゃんったら、ずっと床にツバ吐いてたの。きたないからやめてって言ったのにやめなくて。それで、あたしの脚にもかけたの。ひどいでしょ! それであたしのことどなって、それからチェッカーをひっくり返しちゃったの。もう帰る!」

カーラは裏口からあわてて出ていった。「あたしが話してくるから」

「気持ち悪いよぉ」エミリーは泣きながら訴えた。ローラは彼女を落ち着かせようと、ぎゅっと抱きしめた。

「帰ろうよ。おうちへ帰ろう? もうここには来たくない」

「エミリー?」ローラは少し怒った口調で言った。「エミリーらしくないわよ」

「ほんとだもん」

カーラはモップを取りに地下へ降りていったので、ハリーが裏口から中へ入るのを見ていなかった。ハリーは廊下の折れ戸の陰に立っていたので、キッチンにいるローラとローラにしがみついているエミリーからは見えなかった。

「もうここには来ない!」エミリーは反抗的な態度で言った。

この頭のこんがらがった老人がエミリーの言葉を理解できているのかどうか、その表情からは読み取れなかった。彼は祈るように両手をしっかり握り合わせて、不安げにふらふらさせながら、ドアも壁も見透かすかのように遠くを見つめていた。心がどこか別の時間の別の場所に行ってしまったかのようで、周囲のことにも、たった今起きたできごとにも気づいていないようだ。それでもカーラが階段を上がってくる足音を聞きつけると、ハリーは足を引きずるようにして裏口へ戻っていった。涙がひと筋、その頬《ほお》を伝った。

Chapter Six
第6章

ボブがゲートを通って人ごみの中をこちらへやってくるのを、ローラは到着ロビーに立って見つめていた。今日の彼はネイビーブルーのTシャツに色褪《あ》せたジーンズ姿だ。デニムの野球帽が短い黒髪を隠していた。週末といっても、仕事で人と会ってから空港に直行したときには、スーツを着てネクタイを締めている。どうやら今日は、家に帰る時間があったようだ。黒い革のバッグを持つ腕は日に焼けて筋肉が盛り上がっている。きっとジムに通っているのだろう。周囲には目もくれずに彼はターミナルの中をまっすぐ彼女のいるほうへ歩いてきた。自信に満ちたその歩きぶり——これこそ何年も前に彼女が最初にひきつけられたものだ。彼女の脇を通り過ぎようとした瞬間、彼女が声をかけた。

「お帰りなさい、ボブ」彼はぎくっとして立ち止まった。

「ローラ？」彼女の出迎えに、彼は本気で驚いているようだった。「なにやってるんだ、こんなところで？　エミリーもいっしょか？」

「ううん、ベビーシッターに預けてきたわ。ちゃんと話さなきゃと思って」

この言葉が口をついて出たとたんに、彼女は自分のばかさかげんを悔やんだ。言い方がまずかった。

「へえ！　そりゃ、確かに、こっちに来たら話し合おうとは言ったけど。一秒だって時間を無駄にしたくないってわけか？」

「ごめんなさい。そういうつもりで言ったんじゃないの。私たちのことじゃないのよ。話さなきゃっていうのは、ハリーのこと」

「ハリー？　元気なんだろ？」

「病気で今すぐどうとかっていうんじゃないけど。でも、元気とは言えないわね。とにかく荷物を取ってきましょう。車の中で説明するわ」

家に向かう道々、ローラはその日ハリーの家でエミリーの身に起きたことや、ここ数週間にあったことを詳しく話した。ボブは一心に耳を傾けていた。

「もうホームに入れなくちゃだめなのよ。カーラと約束したの。この週末にはなんとか目処《めど》を立てるって」

「ホーム？　この週末に？」

「ええ、明日中に」

「あと一週間くらい待てないってのか、あのおいぼれじいさんは？　日曜の昼過ぎには飛行機に乗らなくちゃならないってのに。月曜の朝一であっちの重役たちと会議があるんだ。まったく、よりによってこんなときに――」

「ごめんなさい、あなたの都合もきかないで。でも、これはあなたのお父さんのことなのよ」

「そんなことわかってるよ。いちいち言われなくたって」空港から十分もたたないうちに、ふたりの会話は喧嘩《けんか》になっていた。

こうなったときの対応策はすでに講じてあった。

「停めて、ボブ」

「えっ？」

「停めてって言ったの。嫌よ、もう。こんな調子でしか話せないなら、ここで降ろして」

彼は折れた。「なあ、悪かったよ。仕事が忙しくて、イライラしてたんだ。ほんとうに悪かった」

ローラは深く息を吸い込んで話を続けた。

「今日の午後、いくつか電話してみたんだけど。そのうちの二か所は明日、自由に見学していいって。それからほかにもふたつ、会ってもらえるようにしといたから。お父さんをいっしょに連れていってもいいんだけど。それはあなた次第」

「明日か」彼は質問というよりは承諾のつもりでつぶやいた。

「明日の朝いちばんで。だから、嫌じゃなかったらうちのゲストルームで寝たら？　そのほうが朝が少しは楽でしょ。で、どう思う？　ハリーも連れていったほうがいいかしら？」

「いや、こっちでまず絞り込んでからにしよう」

「そうね」

「それでエミリーは、どうしてる？」

「ハリーのことずっと怒ってたけど、まあ、そのうち機嫌も直るでしょ。ただ、ハリーがホームに入るって聞いたらなんて言うかしら。おじいちゃんのそんな姿見るなんて、悲しいものね」

「べつにそんな姿じゃなくたって――」ボブは小声で言った。

「えっ、なに？」

「いや、なんでもない」


エミリーは朝食の匂いを嗅ぎつけて、ナイトガウンのまま階段を駆け降りてきた。キッチンに飛び込むと、大きな白いエプロンをかけたボブが頬《ほお》に白い粉をつけてレンジの前に立っていた。

「やあ、おはよう。パンケーキ、食べるだろ？」

「パパ！」父親が家にいるのがうれしくて、エミリーは彼に駆け寄って抱きついた。

「ぼくのいちばん好きな娘さんは今週はどうしてたのかな？」彼は身をかがめて娘をぎゅっと抱きしめた。

「ちっ、パパったら。パパの娘はあたしひとりでしょ？」

「ちっ？」彼は尋ねた。「そんな言葉どこで覚えたんだい？」

「知ーらない」と答えてエミリーは肩をすくめた。「今日はなにしよっか？」

彼は今日のことをどう知らせたものかと迷った。

「もうすぐママも起きてくるから、そしたらみんなで考えよう」

「わーい、ママもいっしょなんだ」

「まあね。それはママが来てから決めよう――で、今週は学校でなに教わった？」

「なあんにも」

「なんだい、なあんにもって？　なにかは教わっただろ？」

「パパの絵が描いた」

「パパの絵を描いた、だろ？」

「ちっ、どっちだっていいじゃん」

「エミリー、なんだかまるで、んなこたぁどーでもいいやってな言い方してっけど、どーでもよかねえよっつーことを、ちょっくら教えてやろうじゃねえか」

ボブがふざけた話し方をしてみせると、エミリーはくすくす笑った。彼はそのまま続けた。「いってぇ、またどこでそんなしゃべくりかたを教わったっつーんだ」

「ねえ、知ってる？」ローラがキッチンに入ってくるなり口をはさんだ。「なにか焦げてるみたいなんだけど」

「あ、しまった！」ボブはレンジに駆け戻って、真っ黒のパンケーキをぱたりとひっくり返した。それからそのまま一気にそれをカウンター越しにシンクの中へひゅっと投げ捨てた。「これはフライパンを温めるために焼いただけなんだ。プロの料理人はみんなこうやるのさ」

ローラは目玉をぐるりと回してテーブルのほうへ行った。

「ねえ、今日はなにするの、ママ？」エミリーがきいた。

「あのね、エミリー」ローラは娘に話し聞かせるためにひざまずいて、「パパとママは、今日は午前中にちょっとご用があるのよ。おじいちゃんのことで。お隣のエイミーが二時間か三時間遊びにきてくれるから」

「二時間か三時間！」エミリーが叫んだ。ローラはもっと長くかかるだろうとわかってはいたが、今はそこまでは言えなかった。

「急いで帰ってくるから。パパがこっちにいるうちにやらなくちゃいけない大事なご用なの。いい子にしててくれたら、午後はいっしょに公園に行きましょう。ね？」

「みんなで？」エミリーはきいた。ローラはどう答えていいかわからずに、ボブを見上げた。

「もちろん、みんなでさ」ボブは言った。「みんないっしょに公園でピクニックだ」

自分には選択権がないとわかっていたし、午後はみんなでピクニックに行くと約束してもらえたので、エミリーは承知した。ボブはうまく焼けた最初のパンケーキをエミリーの皿に載せてやり、ローラは着替えをしに二階へ上がっていった。


リストアップした最初のホームは、電話で料金を教えてくれた二か所のうちの安いほうだった。ボブは駐車スペースに車を入れて、エンジンを切った。建物の前方には広大な芝地が広がっていたが、伸び放題でまるで手入れがされていなかった。建物は全体に薄汚れている。玄関までの道は舗装されていたが、ひび割れてがたがただった。

「ほんとうにここかい？」ボブがきいた。

「中はちゃんとしてるわよ」ローラは言い張った。「とにかく入ってみましょう」

きっと人のよさそうな老人夫婦が何組もいて、二、三のグループに分かれてトランプをしたり、テレビを見たりしていて、訪問客が来るとうれしそうに手を振ったりするのだろう、とローラは思っていた。確かに老人たちはいた。けれどもトランプはだれもしていなかった。ロビーのあちらこちらに老いた肉体が散らばっているという感じだった。多くは車椅子《くるまいす》に乗っていたが、何列にも狭苦しく並べられた薄汚れた長椅子《ながいす》に座っている人たちもいた。ボブとローラを黙って見つめる老人もいれば、どこか遠くを凝視したままの老人もいた。病院の臭いがした。

「ここは死体置き場か？」ボブは周りに聞こえるくらいの声で言った。

「ボブ、聞こえるわよ！」ローラはボブをたしなめた。ふたりは「ウェルカム」と書かれた看板に向かって廊下を歩いていった。

「『シックスティ・ミニッツ』でとりあげるべきだな」と彼はまた言った。

「やめてって言ってるでしょ」ローラは彼をにらみつけた。

「おい、気をつけないと、こっちまでこういう顔になっちゃうぞ」と彼は脅した。

彼女はピタリと足を止めて、じっと部屋を見回した。彼の言うとおりだ。笑顔もない、歓迎する目つきもない。楽しげな会話もなければ、愛情をこめて手を振る人もいない――あるのはただ、うつろで、淋しげで、哀れな視線だけ。

「ボブ、あなたの言うとおりよ。ぞっとするわ。出ましょう」

「えっ？　おい、冗談だってば」

「いいえ、あなたの言うとおりよ。行きましょう」

「ぼくの言うとおり？　じゃあ、そう書類に書いてサインしてくれる？」

「ええ、する。だから、出ましょう」

ふたりはくるりと向きを変えて玄関に向かったが、だんだんと歩調が速くなって、出口に着くころには小走りになっていた。

車まで戻って、もう大丈夫と思ったとき、ローラは深いため息をついた。「ここはリストからはずしてもいいわね」

「さあ、どうかな」ボブは答えた。「ハリーには似合ってるかもしれないよ」

「ボブ、そういうこと言うのはやめて。いいかげん、おとなになってよ」

ボブはなにも言わなかった。この調子で話していたら、「口は禍《わざわい》の門」という教訓を思い知らされていただろう。

二か所目はずっとよかった。きれいだし、さっきのホームよりは活気があった。しかし、ローラがこれだと思ったのは、三番目にリストアップしておいたウェストリッジ生活支援センターだった。

年配の女性がひとり、玄関で出迎えてくれた。彼女はミセス・ドルシラ・ハドリーですと自己紹介してから、自分は土曜日のお出迎え係で、チョコチップクッキーも焼いておいたのよと説明してくれた――私のクッキーはお店で売ってるのよりはずっとおいしいわ、とていねいだがきっぱりとした口調で彼女は言った。

ロビーの壁は現代風な色彩がほどこされていて、雰囲気も明るかった。ミセス・ハドリーと、たまたまそばを通りかかった彼女の友人ふたりも交えて少しおしゃべりしたあと、ボブとローラはこのセンターの所長、ドクター・シャノン・クロスビーに紹介された。五十代半ばくらいで、黒い髪を女学生のようにポニーテールに束ねていた。彼女のオフィスに通されて腰かけると、壁に、スタンフォード大学から授与された老人医療の学位記がかけられているのが目に入った。

「今日はハリーさんのためにうちの施設を訪ねてくださって、ありがとうございます」

ローラは電話で話しただけなのに、ハリーの名前を覚えていてくれたことに感激した。ドクター・クロスビーはボブに話しかけた。

「ええっと、奥様からいただいた電話だと、たしかハリーさんはあなたのお父様でしたね？」

「ええ、そうです」彼は答えた。

「私どもウェストリッジの考え方を少し説明させてくださいね。ここはほかとはちょっとちがうんです」確かにそうだわ、と彼女の話を聞きながらローラは思った。「お亡くなりになるその日まで元気で、頭のしっかりしている人もいますけど、不幸なことに、そうでない人もいます。ですから、ここでは介護の段階を三つに分けています。たいていのことはなんでもご自分でできる人から、徹底した介護が必要な人まで。年をとられたみなさんに、できる限り質の高い生活を――気持ちよく、威厳をもって――楽しんでもらいたいんです」

「こういうところに入る時期は、どうやって判断すればいいんでしょう?」ボブが質問した。

「それは難しい問題ですね。その人その人によってちがいますから。ただ、自分の親をホームに入れる決心をするのは、だれにとっても辛いことです。その点、うちみたいなセンターに入れるのであれば、お父様を見捨てることにはなりません。自分で自分を傷つけてしまう危険がでてきたのなら、手を差し伸べてあげなくては。私も、もう何年も前のことですけど、母をホームに入れたんです。それもあって、こうしてこういう仕事をするようになったわけなんですけどね。私は自分がそういう年に達したときに住みたいと思えるような場所をつくろうと思ってやってきました」彼女は木の机をこつこつと叩《たた》いた。「ほかになにかご質問は?」

ボブがまたきいた。「ハリーは、あ、いや、父は、ええっと、なんと言ったらいいか。いつもちゃんとしてるってわけじゃないんです。どうなんでしょう、父の場合……」彼にはハリーをどう表現したらいいかわからなかった。

彼女はこの手の質問には慣れていたから、彼が質問を終える前に答えてくれた。「ここには訓練を受けたプロがそろっています。医者や看護婦から、老人介護の専門スタッフまで。彼らは毎日老人のいろいろな問題を扱っていますから、どう対処したらいいのか心得ています。ただし、もしハリーさんをここにとお決めになったら、まずは健康診断書を出していただくことになるわね。病院での治療が必要なほどの大きな病気以外でしたら、どんな老化現象にも対応いたします」

ボブがまたきいた。「料金表、みたいなものありますか?」

「ええ、もちろん」彼女はデスクのうしろに積んである山からパンフレットの束を取り出して彼に渡した。「これを読んでいただければぜんぶわかると思います。料金のことも含めて。で、ほかにご質問がないようでしたら、そろそろホームをご見学されてはいかがでしょう?」

ローラは見学しようがしまいが、もうこの場でサインしたい気持ちだった。ボブのほうはそう急《せ》いてもいないようで、「ええ、どんな設備があるのか、ぜひ」と答えた。

彼女のオフィスからロビーに出ると、大学生くらいにしか見えない若い女性を紹介された。彼女は白い制服を着ていた。「こちら、サマンサ・ピーターソン、うちのスタッフです。彼女が当センター内の設備をご案内します。部屋は三つのタイプに分かれているんですけど。ハリーさんはご自分でお料理するのかしら?」

ボブとローラはびっくりして顔を見合わせると、ユニゾンで首を振った。

「まさか! 火には近づけないほうがいいでしょう」ボブが言った。

「べつにそれはまったくかまいません。いずれにしてもサマンサに三タイプとも案内させますから、どうちがうのか、ご覧になってください。それから、ここで提供しているいろいろなレベルのサービスについても彼女が説明いたします。さきほども言いましたけど、お年寄りの中にはほとんど手助けを必要としない人もいれば、徹底した介護が必要な人もいますからね。うちはその両極端に対応しています。もちろん、その中間のどの段階にいらっしゃる方にも。よかったら、ダイニングでお昼ごはんも召し上がってらして。じゃあ、あとで、ご感想を聞かせてくださいね」

彼女は温かくふたりの手を握ると、オフィスに戻っていった。オフィスの前には次の客——若い女性と年配の男性——が待っていた。

サマンサは若いけれども立派なプロで、親切で、もう何度も案内して回っているのは明らかだった。まずは居住空間から見学を始めた。どの部屋も清潔で、整頓されていた。キッチンと寝室がふたつもついた部屋もあれば、寝室に浴室とトイレのみという部屋もあった。ダイニングルームもすばらしかった。長方形のテーブルが並んでいるのではなくて、丸テーブルがいくつも置かれていて、テーブルごとにちがう置物が置かれていた。

次はいくつかあるレクリエーションルームを見た。どこも明るい色一色で塗られていて、その色にちなんだ名前がつけられていた。「赤の部屋」はいちばん大きくて、部屋の両側にテレビが置いてあった。壁際に車輪つきのカウチが三脚あって、テレビが見やすいように、いつでも部屋の真ん中まで引っ張り出せるようになっていた。奥のテレビの前にはすでにカウチが二脚出してあって、おばあさんが三人とおじいさんがひとり、そこに座って『クイズ・運命の女神』に夢中になっていた。

「この部屋はふつう、おしゃべりをしたり、テレビを見たりするときに使っています。月曜日と金曜日の夜にはビデオ上映をするんです。月曜日は女性が見るものを決めるので、たいていラブストーリーになりますね。金曜日は男の方の日なので、戦争ものになることが多いようです」

ローラはその図を想像してほほ笑んだ。

「この隣にはもう少し小さい部屋がふたつありまして、『緑の部屋1』と『緑の部屋2』です。どうして緑の部屋がふたつあるのかはわかりませんけど——たぶんペンキが余っちゃったんでしょうね。緑の部屋にはトランプ台と椅子《いす》があって、『ジン・ラミー』なんてゲームをやる人もいるんです」

「じゃ、まさかポーカーは？」ボブは冗談のつもりできいてみた。

「じつはここの人たちはその道の名手として有名なんです。でも、ミセス・ウェリントンだけは相手にしちゃだめですよ。絶対に。彼女、昔ヴェガスでディーラーをしてたんです——たちまち身ぐるみはがされて、下着一枚ってことになりますから」

広いホールをあちこち見て回って、次の部屋に入ると、ローラの心臓は躍り上がった。

「ここはパズル・ルームです。ご覧のとおり、その名も……」

「金色の部屋！」とローラが言葉を続けた。

この部屋には六台のトランプ用テーブルがあって、奥の壁に並んだ棚にジグソーパズルがぎっしり積まれていた。進行中のパズルが広げっぱなしになっているテーブルも二台あった。ローラは恍惚《こうこつ》としてしまった。「信じられる、ボブ？　金色の部屋があるなんて!?」

「金色がお好きなんですか？」サマンサはきいた。

「好きなんてもんじゃありません」ローラは言った。「ハリーはここに座ったら、二度と外には出ないでしょうね」

ボブは感銘を受けても、それを顔には出さないタイプだった。自分はこういう施設を毎日のように見て回っているんですとでもいうようにうなずくと、辺《あた》りを見回した。

金色の部屋のあとは、外に出て庭を急ぎ足でぐるりと一周して、正面ロビーに戻った。

「お昼ごはんをごいっしょにいかがですか?」正面玄関まで来たところでサマンサはきいた。

ふたりは顔を見合わせて意思を伝え合った。ボブが口を開いた。

「ありがとうございます。けど、ほかにもまだ何軒か見にいってみようと思ってますので。それにしても、ここの設備はとてもすばらしい。ごていねいに案内してくださって、ほんとうにありがとうございました」

「いえ、こちらこそ。気に入っていただけたのでしたら、よかったです——あ、ドクター・クロスビーが参りました」

ローラは興奮を抑えきれなかった。「先生、ほんとうにすばらしいです。ボブとふたりで話し合わなくてはなりませんけど、ここであなたのなさってることにはことごとく感銘を受けました。何度も言っちゃうけど、ほんとうにすばらしいわ」

「そう言っていただけて、こちらもうれしいわ。ハリーさんを連れてきてくださったら喜んでまたご案内します。今日は夕方六時まで見学できますから」

ローラは踊るように車に乗った。「ボブ、完璧よ。金色の部屋まであるなんて」彼女は信じられないというように、首を振った。

　ボブはパンフレットをぱらぱらめくって料金表を探した。それをじっくり見て、言った。

「そりゃ、いいに決まってる。最初に見たホームの二・五倍、さっき見たのの二倍、それもいちばん小さい部屋でだ！」

「それでも安いくらいよ。見たでしょ、あれ――ただすてきってだけじゃなくて、完璧よ。今すぐハリーにも見せなくちゃ」

「ローラ、ぼくはこれまできちんとカーラに小切手を送ってきた。それだってだんだん高くなってきてるんだ。ここは確かにすごいよ、でも、高い。ハリーの家を売って、それに充《あ》てろって言うのか？住もうと思えばまだ十年は住めるのに」

　ローラは彼がお金にはこだわるくせに、自分の実の父の幸福には目を向けないことに腹が立ってきた。このまま話していて、また喧嘩《けんか》になるのも嫌だから、彼女は彼に同意することにした。

「そうね、あの家を売るしかないわね。だって、こっちに引っ越してきたら、あそこに住む人はだれもいなくなるわけだし。そうするしかないわね。でもいろいろ片づけるのにハリーにだって二、三か月は必要でしょうから、すぐってわけにはいかないでしょうけど」

　彼は彼女の反応にびっくりした。「それでいいの？」

「ボブ、あなたも見たでしょ、このホーム」

　彼女にこんなにあっさりと同意されると、なんと言い返したらいいのか？「ま、とにかく、ハリーにも見せてやらなくちゃな」

戻る道々、ローラは自分たちが見つけた掘り出し物についてしゃべらずにはいられなかった。

「あれって、私が望んでたとおり、ううん、それ以上よ。ドクター・クロスビーって、すごい人ね」

「よくやったよ。ハリーもきっと気に入るだろうな」ボブも認めた。

「ねえ、いまだにわからないんだけど、どうしていつもハリーって呼ぶの？」

「だって、そういう名前じゃないか。ほかになんて呼ぶのさ？」

「どうして『おやじ』じゃだめなの？　結婚してからあなたずっとお父さんのことを名前で呼んでたでしょ。いくら仲が悪いからって、それじゃあお父さんだって、イライラするだけだったんじゃない？」

ボブは思ってもみないことをきかれたようで、数秒考えてから答えた。「だって、おやじっていうより、ハリーって感じだろ？」彼は『おやじ』という言葉を口にしてひるんだ。

「そんなにひどかったの？」結婚して十一年になるが、彼は父親との関係についての話題をいつも避けていた。ふたりの仲はせいぜい気にかける程度の間柄で、決して親密とは言えなかった。結婚したてのころはよくそのことをきいてもみたが、彼が話したがらなかったのでそれ以上は追及しなかった。

驚いたことに、彼は話を続けた。

「俺たち子どものことを考えてくれているようには思えなかったからな。いつも遠い存在だった。なんの話もできないような気がした」

「それって、いつもハリーのせいだったの？」

「どうして今ここでハリーとの関係について精神分析をしなくちゃいけないんだよ?」

「そんなに大袈裟《おおげさ》に考えないでよ。ただきいてみたかっただけなんだから」彼女のほうからこの話題はやめようとした。が、彼は話し続けた。

「むしろ口を出しすぎるような親だったらこっちだってうまくやれたかもしれない。でもさ、なにが問題か? 親なのになんにも言ってくれないんだ。なんにも気にしちゃいない。そりゃ早くにおふくろを亡くして大変だったってことはわかるよ。それが心の傷《トラウマ》になってたってこともわかる。でも、ミシェルと俺だって母親を失ったんだってことを、ぜんぜんわかってくれてないんだ。俺たちはおふくろを亡くした。でも、家庭まで失いたくなかった」彼は怒りをあらわにした。「とにかく俺は早く家を出たかった。あんな親といっしょにいるくらいなら、どこだってましだったんだ」

「こんな話するんじゃなかったわね。ごめんなさい」彼は返事をしなかった。

ハリーの家に行ってみると、カーラの車はどこにもなかった。最近ではカーラはここに住んでいるのも同然だったから、ハリーがひとりでいるのにローラは驚いた。彼はキッチンテーブルに満足げに座っていた。

ローラのほうから話しかけた。「ハリー、こんにちは」

「ああ」顔を上げて、視線をボブに向けた。

「やあ、ハリー」ボブも挨拶《あいさつ》をした。

「ボブか? なにしてるんだ、こんなところで」彼は不機嫌そうに言ったが、言ってる言葉はしっかりしていた。

「いやあ、ご無沙汰《ぶさた》しちゃって」ボブはハリーの質問も、口調も無視してそう答えた。

「サクラメントに引っ越したのかと思ってた」

「サンディエゴだよ。まあ、同じカリフォルニア州だけどね」

「エミリーは？」ハリーは尋ねた。今日のハリーはあまりにも頭が働くので、ローラは驚いていた。

「うちよ。今日はちょっと見てもらいたいものがあって寄ったんだけど」

「でかけるのか？」

「ああ、車で行くんだ」ボブが手を貸そうと前に一歩出ると、ハリーはテーブルにつかまってひとりで立ち上がった。

「そろそろだれかがどこかへ連れていってくれるころだと思ってたんだ」

彼は足を引きずるように部屋を歩いた。「ちょっと手洗いに行ってくる」

「急がなくていいわよ、ハリー」ローラが声をかけた。

「ふつうに見えるけどな」ハリーがドアを閉めるとボブは言った。

「今日のハリーは私がここ何週間かで見た中では最高だわ。なんだかうれしいわね、ハリーがちゃんとしてるって」

ボブは今まで自分が聞いた話はぜんぶ誇張なのではないかと思って、肩をすくめた。

ハリーが寝室から上着を取って戻ってくると、ボブが手を貸して車に乗せた。「よかったな、また仲が戻って。なんと言っても、別々にいるってのがいちばんばからしい」ローラはほほ笑むだけでなにも言わなかったが、ハリーが自分の味方についてくれているのはうれしかった。

「いろいろ言ってくれるのはうれしいけど、自分たちの問題は自分たちで解決するから」ボブが口をはさんだ。

車の中でふたりはハリーに訪問先のことを話し始めた。「あの家もずいぶん古くなってきたよね？」

「俺が建てたんだ。自分で。設計図こそ引かなかったが、あとはぜんぶ自分で建てたんだ」

「知ってるって、何度も聞かされたから。でも、地下室に行く階段なんか、気をつけないと危ないよ。踏みはずして落っこちたらと思うと、ぞっとする」

「俺はまず地下には降りないから。あの黒人女だな、あれは落っこちるかもしれない。気をつけるように言ってやってくれ。それで、エミリーはどうした？」

「ベビーシッターに預けてきたのよ。今度の金曜日にまた連れていくわ」とローラは答えた。ハリーはなにも言わなかったが、彼女の答えに満足しているようだった。

ボブが話の先を続けた。「すごくいいところを見つけたから、ちょっと見せようと思ってさ。友だちになれそうな人も大勢いるし。自分の目で確かめたほうがいいだろう？　あの家より気に入るかもしれない」

「俺が建てたんだ、この手で。そりゃ、アーティが手伝ってはくれたがな。あいつは大工だから」

「アーティ叔父さんはもう何十年も前に死んでるよ、ハリー」ボブはだんだんいらだってきていたが、ローラはここ何週間かでこんなによくしゃべるハリーを見るのは初めてだった。

「そうさ、死んださ。そんなことはわかってる。昔は週末になるとよくふたりで狩りに行ったんだ、ブラックフォークの谷まで。いや、アーティは大工だったからな。銃の腕前はからっきしだったけど、金槌《かなづち》を持たせたら大したもんだった。あれを建てるときにはすっかり世話になったよ」

センターに着くと、入り口近くの身障者用駐車スペースに車を停めた。ハリーは看板をまっすぐに見て、「ウェストリッジ生活支援センター」という文字を読んだが、それがなんなのかはわからないようだった。玄関のお出迎え係はもうミセス・ハドリーから次の人に代わっていた――今度はもっと年配の紳士で、ミセス・ハドリーほどおしゃべり好きではなさそうだったが、それでも愛想のよさそうな人物だった。

「ハリー、パンチとクッキーでもどう？」とローラが言った。

「だれの誕生日だ？」彼は尋ねた。

「誕生パーティーじゃないわ。ただ、ここを見てもらおうと思って」彼女は話を続けた。

「だから、ここはなんなんだ？」

「すてきでしょ？　きっとあの古い家より気に入ってもらえると思って」

予期せぬ答えに虚を衝《つ》かれて、ハリーは自分が理解できているのかどうかもわからぬまま、彼女のほうへ顔を向けた。

「ここに住めって言うのか？　俺の家から出て？」

今度はボブが答えた。「そうだよ。あのうちで世話するのは難しくなってきてるんだ。それに、こっちのほうがいいだろう？　ぜんぶ金色に塗られた部屋もあるんだ。自分の部屋ももらえるし、身の回りのものを丸ごと持ちこめる」

ハリーの表情が曇った。「なにをしようってんだ？　俺の家を盗む気か？　俺の家をぶんどろうってんだな！」

ふたりは彼の反応にショックを受けた。「家のことなんか、どうでもいいんだよ」ボブが答えた。「こっちはただ、あんたの世話をしようと思って……。もっといい環境に置いてやろうって思ってるだけだ」

「ぜんぜん顔も見せにこないくせに。来たと思ったら、俺のものを取ろうってわけか！」

「ハリー、俺たちはなにも取ろうなんてしちゃいない」

「二枚舌のペテン師め。俺がこの手で建てた家を盗もうだなんて。この二枚舌のペテン師が！」

ハリーが声を荒らげたので、ロビーにいる人たちがこちらを見た。

「ハリー、こんなところで恥ずかしいまねはやめてくれ。俺たちはただここが気に入ってもらえると思っただけなんだから。ここには世話してくれる人もいるし」

「自分の世話くらい自分でできる！」彼は叫んだ。「お前の手助けなんか、いらん。この嘘つきのいかさま野郎！」

この騒ぎを聞きつけたドクター・クロスビーがオフィスから駆けつけてきた。彼女は駆けてくる途中で、ふたりの助手にも手伝うように合図を送った。

ハリーを落ち着かせようとして、今度はローラが話をした。

「ハリー、私たちはただあなたにとっていちばんいいようにしたいだけなの、ほんとうに。ここが気に入ってくれるって思ったんだけど、嫌ならいいのよ。ここに入らなくちゃいけないってわけじゃないんだから」

このときにはもうハリーは人の話が聞ける状態でも、理解できる状態でもなくなっていた。

「お前たちはみんな俺に死んでもらいたいんだろう。ここで死ねって言うんだろう、そうすりゃ、俺の家が手に入るからな」ハリーはボブのほうに顔を向けた。「お前みたいなやつをろくでなしのバカ息子と言うんだ！」

「ハリーさん、私、ドクターのシャノン・クロスビーです」と彼女が口をはさんだ。「ここの経営者です。お気持ちはよくわかります」

「こんなところ、出てってやる。お前たちに殺される前にな！」

彼は走りだそうとしたが、ボブが手を伸ばしてハリーのズボンをつかんだ。するとハリーは今度はボブに向かってこぶしを振り上げた。「殺してやる、この薄汚い悪党め、性根《しょうね》の腐った嘘つき野郎め！」手助けにきたふたりの助手が手を出してハリーを押さえた。このふたりはこんなことには少しも動じていないようすで、ハリーを抱え上げると、椅子《いす》のあるところまで連れていって、無理やり座らせた。そのあいだ中ハリーは乱暴にもがいて、声高に泣き叫んでいた。

「キャサリン、こいつらに殺される！　降ろせ！　盗人め！」

ハリーがもがき続けているあいだは助手のふたりはずっとハリーを押さえていた。ローラも泣きだした。ドクター・クロスビーは手を差し出して、ローラの手を取った。

「さあローラさん、こちらへ。私のオフィスで待ってて。ハリーさんはすぐ落ち着きますよ。ほんとうに、ここではこんなことしょっちゅうなんですから」

数分もすると、ハリーは暴れなくなった。ハリーが静まって、呆然自失《ぼうぜんじしつ》のような状態になると、男たちは手を放した。ボブは父親のところまで歩いていった。

「大丈夫？」ボブはきいた。しかし、ハリーは返事をしなかった。

ドクター・クロスビーはボブにも手招きでオフィスへ来るように合図をした。ハリーの横には助手がひとりつき添って座っていた。オフィスへ入ると彼女はボブとローラに椅子《いす》に座るように手で示し、ドアを閉めて自分も腰かけた。

「慰めになるかどうかわからないけど、これで最悪の段階は通り過ぎたわ。今は信じられないでしょうけど、ハリーさんもきっとあなたたちに感謝するときがくるわ。ここにいる人たちの中にも、同じようなことをした人は大勢いるの。でも今になってみると、みんなただの笑い話」

「ハリーのためになると思ってしたのに」ローラは涙声で言った。「あんなに動揺するなんて」

「これって、子としてのいちばん大変な務めでしょうね。罪の意識を感じるし、親を裏切ったような気もするし、親を見捨てて、介護という責任から逃れてしまったような気もする。私だってすべての問題に答えられるわけじゃありません。状況はみんなそれぞれちがいますから。でも、たいていの場合、こうするのがいちばんなんです、親にとっては。どんなに愛していても、他人の手が必要になるときはきます。子どもとしての誠意を尽くしたいとは思っていても、現実的には、自分たちだけでは老人が必要とする世話をしてあげることはできないんです」

ローラは彼女の話を聞いて、だいぶ気持ちが楽になった。ボブが尋ねた。

「それで、どの用紙に記入すればいいんですか?」

「ハリーさんが入居するのに必要な書類は、お渡ししたパンフレットの中に入っています。手続きはすべて木曜日に行っているので、すみませんが、次の木曜日まで待っていただくことになります。手続きのときに、またいろいろと今後の予定を立てることにしましょう。もし、お望みでしたら」

「どうぞよろしくお願いします。こちらもハリーの準備はしておきます」

家に戻ると、カーラがとり乱したようすで表に出ていた。ボブたちといっしょに車に乗っているハリーを見て、彼女は深いため息をついた。

「よかった、表に出ていっちゃったのかと思ったのよ。ずっと車で捜し回ってたんだから。今、電話で知らせようとしていたところだったの」

ローラは彼女の肩に手を置いた。「ごめんなさい。メモを残しておくのすっかり忘れてた。つい、うっかりしちゃって」ハリーは車の中にいたが、心はどこか遠く離れたところに置き忘れてきたみたいだった。

「いえ、いいのよ、ハリーが裸で通りを走ってるんじゃないってわかっただけで、ほっとしたわ」

ボブは車のドアを開けて、ハリーが降りるのに手を貸した。ボブがカーラのほうへ視線を向けるとカーラはボブに会釈した。

「ミスター・ホイットニー、お久しぶりです」

「やあ、カーラ。ちょっとハリーを家の中まで連れていってくるよ」

彼が父親を連れて玄関前の階段を上がっていく姿を見ながら、ローラは先ほどのできごとをカーラに詳しく説明した。

「じゃあ、木曜日までってことね」カーラの顔が暗くなったように思えた。

「いいかしら、それで？」ローラがきいた。

「あたしに電話してくる人はいくらでもいるから、仕事のほうは大丈夫。ただね、ばかみたいに聞こえるかもしれないけど、あのじいさんと離れるとなると、淋しくなるなと思って」

「カーラ、あなたって、ほんとうにすばらしい人だわ」ローラはそう言うと、彼女を抱きしめた。

「って言っても、いちばん淋しくなるのは金曜日がなくなること」カーラはそう言うと、ローラに向かって尋ねた。「あなたは大丈夫なの？」

「たぶん。だって、必要ならあなたに電話して、また、あなたの肩で泣かせてもらうこともできるでしょ？」

「ええ、いつでもどうぞ、いつでも」

ハリーの家からの帰り道、ボブはいつになく寡黙《かもく》だった。沈黙が心地よく感じられたから、ローラはあえて自分のほうから話しかけもしなかった。

「あんなこと、毎日しなくてすむってだけでも、ありがたいよな」

「ドクター・クロスビーも言ってたじゃない。結局は感謝されるって」

「感謝される？　俺のこと殴ろうとしたのに。殺してやるとまで言われたんだ」

「ボブ、わかってるでしょ。ハリーは自分がなにを言ってるのかもわかってなかったのよ。みんなに向かって怒ってたじゃない？」

「見なかったか？　あの憎しみのこもった目」

「ハリーだっていつもあんなだったわけじゃないでしょ？　昔はどうだった？　覚えてないの？」

「ああ、覚えてるよ、ちゃんと。だからだまされたって気になるんだ」

「どういう意味よ、それ？」

「俺には話を聞いてくれたり、いっしょにでかけてくれるおやじはいなかったんだ。俺のために居てくれることなんか、一度もなかった。それで今こっちが助けてやろうとしたら、殺してやる、だもんな。やってられないよ。どうして父親らしくしようともしないんだ？」

ローラはなんと答えたらいいのかわからなかった。ただ黙って彼の話を聞いていた。

「ああはなりたくないね。腹も立つけど、哀れだとも思うよ。よくあんなふうになれるよな？」彼は手を伸ばして彼女の手を握りたかった。だれかに触れたかった。が、できなかった、今のふたりの関係では。

「ハリーをあそこに入居させましょう。それで、二、三日金色の部屋で過ごしてもらえば見ちがえるようになるわよ、きっと。大丈夫、うまくいくわよ、ボブ」

本能的に彼女は手を伸ばして彼の指を握った。彼女はここ何年か、彼がこんなに感情的になるのを見たことがなかった――きっと、希望はまだある。

その後何日間か、ローラは長いこと味わってなかった楽観的な気分に浸っていた。老人ホームでの一件はすさまじかった。でもいろいろ考えると、もしかしたらあれが救いの神になったのかもしれない。そう思っていただけに、その三日後、職場にかかってきた弁護士からの電話に愕然《がくぜん》とした。

「ローラさん、ミッチ・オルセンですけど。たった今、ご主人のほうのジェイムズ・バグリー弁護士から電話がありました。三週間後の金曜日にみんなで会って、最終的に細かいことまで決めたいということです。そちらの都合はどうです?」

なにがなんだかわけがわからなかった。なにかのまちがいだ。ボブとは三日前に手を握り合って別れたばかりだ。

「なにかのまちがいじゃありません? ついこのあいだまでボブはこっちにいたのに――」彼女は詳しい話まではしたくなかった。きっと、話し合いの予定はこの週末以前に決めてあったのだろうと思った。

「だけど、ジムはたった今、ボブさんとの電話を切ったところだって言ってましたけど」

「またあとでかけ直してもいいかしら?」彼女は小声でつぶやくように言った。

彼女はまずボブの家に電話をした。留守電のテープが回りだしたので、電話を切ると、今度は携帯にかけた。

「はい、ボブです」

「この前のはなんだったの? なんでもなかったって言うの? あなた、なんにも感じなかったわけ?」

「ローラか? うわっ、これはまたずいぶんお早いお返事で」

「なんなの、あなた一体? もうなにも感じなくなっちゃったってこと?」

「お互い前進したほうがいいと思ってさ。いろいろやってくれたのには感謝してるよ。でも、もう終わりだ」

「感謝してる? 感謝してるですって?」声がうわずった。「本気で言ってるの? ハリーの言うとおりよ、あなたって、ほんとうにろくでなしだわ」そう言うと、ローラはガシャンと電話を切った。

社内にいた何人かは彼女をじっと見つめたが、なにも聞かなかったふりをしている人もいた。グラント・ミドグレーだけは、なにか力になれることはないかと彼女のデスクに向かって歩きだした。が、彼がそこまで来る前に、ローラはバッグを引っつかんで、オフィスから飛び出していった。

Chapter Seven
第7章

かなり遠くから彼女が見えていた。はっきりとはわからなかったが、自分を待ってくれているようだった。

「やあ、シンシア」

「おはよう、ボブ。これから、それとも、終わり?」

「これで終わりじゃや、ちゃんと走ってなかったってことだ」

彼が乾いたシャツを指差すと、彼女はほほ笑んだ。

「いっしょに走らない?」彼女がきいた。

「ああ、いいね」

今日の彼女はTシャツとスポーツブラにブルーのジョギングパンツだった。

「どう?　最近の医薬品業界の景気は?」彼女は軽い話題を提供した。

「いいよ、すごく。もし君がブライトマンにうちの製品をもっと処方させてくれたら、もっといい」

「二十四時間営業マンね」彼女は言った。彼はそれをほめ言葉と取った。

「サンディエゴに来てどれくらい？」彼女はきいた。

「三か月か四か月。でも、いいところだな」

「私はサンタモニカで育ったの。一度西海岸の風に慣れたらもう離れられなくなるわよ」彼はいつものペースで走っていたが、彼女もまるで平気な顔をしてついてきた。「カリフォルニアへはどうして？」彼女はきいた。

「仕事でね。ここはすごい市場だよ。今の会社からここを任すって言われたときに飛びついたんだ」

「前も薬の営業？」

「ああ」

彼女は彼の口から出るのを期待していた話題が、なかなか出てこないので、自分からズバリきいてみた。

「結婚してるの？　独身？」

「ああ――まあ」彼の答えに彼女は笑った。

「いかにも男の人が言いそうな答えね」

「まだ結婚してはいるけど、今離婚の話し合いの最中なんだ。まだまだこれからだけど……」彼女の期待していたとおりの言葉だった。

彼が言葉を終える前に彼女は話を継いだ。「そう、お気の毒に。じつは私も離婚経験者なの」

「へえ、はやってるね」と彼が言うと、彼女はほほ笑んだ。彼は話を続けた。「離婚してどれくらい？　あ、こんなこときいていいかな？」

「二年になるわ」彼女は答えた。

「子どもは？」

「女の子がひとり。ブリーンっていうの。四歳よ。あなたは？」

「うちも女の子。もう六歳だけど。いや、七歳。エミリーっていうんだ」

　桟橋に差しかかると彼は徐々にペースを落として、止まった。汗をかいたのでシャツを脱いだ。彼女はじろじろ見ないように気を遣《つか》った。

「疲れた？　歩いて戻る？」彼はきいた。

「まだまだ。ぜんぜん平気」彼女がゆっくりしたペースでまた走りだしたから、彼もあとをついていった。彼女の持久力には驚かされる。

「マイクのところには、長いの？」

「二年近くになるわ」

　彼らは楽しくおしゃべりをしながら、スタート地点にまで戻ってきた。

「あっちの岬まで行く？」彼はきいた。

「ううん、もうやめとく」

「そうか……」ボブは次の言葉に詰まった。でも、問題なかった。彼女が言葉を継いでくれたから。

「楽しかったわ。またいっしょに走りましょう」

「ああ、そうだね。じゃあ、また明日、どう？」彼はできるだけふざけて聞こえるように言ったが、彼女は即答した。

「いいわよ。じゃあ、明日ね」彼女は向きを変えると手を振って、通りのほうへ走っていった。

おかしな気分だ。また高校生になったみたいだ。ひとつだけ確かなのは――離婚が成立するまでローラには隠しておいたほうがいい。


カーラが来たとき、ハリーはまだベッドにいた。九時半を過ぎて、やっとトイレを流す音が聞こえた。ハリーがキッチンに入ってきたのでカーラは話しかけてみたが、彼のほうは彼女の存在を黙殺した。ハリーの好きな朝食を用意した。バターを塗ったクラッカーにコップ一杯のバターミルク。一時間たって見にきたら、食べ物はまだ手つかずのままだった。

ハリーは昼近くまでキッチンの食卓にじっと座っていたが、カーラにポーチへ追い出された。午後はいっとき元気がでたのでパソコンに向かってみたが、頭が混乱してしまってファイルの開き方がどうにも思いだせず、結局あきらめた。それからはリビングのカウチに座ってじっと窓の外を見つめていた――まるでだれかが来るのを待っているかのように。

カーラはもう四年も老人介護の仕事をしていたから、相手がなにを必要としてるのか感知できるようになっていた。ハリーのことは、完全介護の施設に任せるのがいちばんいいと思われた。じきに彼女では世話しきれないほど手がかかるようになる。老人ホームに入れるしかない——疑問の余地はなかった。

夕食の支度を整え、薬も用意して、カーラはもう一度ハリーに話しかけてみた。

「ハリー?」彼はカウチに座ってテレビを見ているふりをしていた。「ハリー、わかってるのよ、聞こえてないふりしてるだけだって。でも、聞いて。明日の朝はいつもより一時間くらい来るのが遅くなるの。朝ごはんのミルクは冷蔵庫で、クラッカーは戸棚に入れてあるから。もっとなにか食べたかったらあたしが来てから言ってちょうだい」

彼はまだじっとしていた。「寝支度は大丈夫?」

彼はひとことも言わずに手だけ振ってみせた。彼女はそれを、ひとりでも大丈夫だという合図と受け取った。

「じゃあ、おやすみなさい、ハリー。なにかあったら非常ボタンを押すのよ。でも、むやみに押しちゃだめ、火事とか、そういう場合ね? いい? ハリー?」彼女はやんなっちゃうと言わんばかりに首を振りながらドアから出ていった。

彼は車が出ていく音を聞くと、足を引きずって寝室へ行き、シャツを脱いだ。ボタンをはずすのに何分もかかってしまった。次に、洗面所へ行って髭《ひげ》を剃《そ》り、髪を撫《な》でつけ、明かりを消して、また寝室へ戻った。薄暗がりの中でいちばん好きなシャツと黒い靴下を探すのは骨が折れた。彼女が来る前に支度をしなくては。着替えを終えるとデスクの上をきちんと整えて、ベッドに向かった。

Chapter Eight

第8章

教室はたくさんの色づいた葉っぱで飾られていた。といっても、大きな楓《かえで》の葉の上に、薄い紙を置いて、その上からクレヨンでこすって作った葉っぱだったけれど。今月はエコ月間だった。

「紙はなにから作るのか、知ってる人？　はい？」エミリーが手を上げた。「えっと、——エミリー、答えられる？」

「木。紙は木からできます」

「そのとおり」先生が授業を続けようとすると、ドアが開いて校長が入ってきた。彼は足早にミセス・カヴェノーのところまで行くとなにか耳打ちし、それから生徒たちのほうに向き直って、エミリーに直接話しかけた。

「エミリー、ちょっと私の部屋に来てくれないかな。お母さんがお迎えにみえてるんだ」

「かばんを忘れないでね」ミセス・カヴェノーがつけ加えた。

エミリーは校長のあとについて廊下を歩いていった。エミリーが校長室に入ると、椅子《いす》に座っていたローラは立ち上がった。母親が泣いていたことはエミリーにもわかった。

「エミリー」ローラはささやいた。

「どうしたの？」エミリーはきいた。

「車のところまで歩きながら話すわ」

彼女は小さな娘と手をつなぐと、会釈して部屋を出た。ローラはひとことも口をきかずに玄関まで歩いていった。言い出せそうもない。座って話したほうがよさそうだと思い、表へ出ると、玄関の脇に置かれたベンチに座った。

「カーラがおじいちゃんのお世話をしてくれていたのは知ってるでしょ？」エミリーはうなずいた。

「今朝、カーラが行ってみたら、おじいちゃん、すごく具合が悪くなってたの。救急車を呼んで病院に運んだんだけど、もう年もとってたし、病気だったから——病院に着く前に亡くなったの」話しているうちにローラの目に涙があふれてきた。

「エミリー、ママの言ってること、わかる？」エミリーは何秒間か黙ったまま母親の言葉を噛《か》みしめていた。それから母親の首に手を回して抱きつき、声を殺して泣きだした。

ローラには娘を抱きしめて泣かせてやることしかできなかった。やがて、エミリーはローラから体を起こすと、涙声で告白した。「ママ、あたしね、この前おじいちゃんちに行ったとき、もうやだ、ここには来ないって言ったでしょ、あれ、本気じゃなかったの——本気じゃなかったの」

涙がエミリーの両頰《りょうほお》を伝って流れ落ち、ローラは泣きじゃくる娘を抱きしめた。

「わかってるわ、おじいちゃんだって、わかってくれてる。おじいちゃんはエミリーが大好きだったんだもん。エミリーは悪くないの」

ふたりはベンチに座ったまましばらく身を寄せ合っていたが、ようやく立ち上がると手をつないで車まで歩いていった。


ローラはエミリーを学校へ迎えにいく前に病院へ行っていた。カーラが救急車を呼ぶとすぐに彼女の携帯に連絡をくれたので、車で駆けつけて救急治療室へ飛び込んだのだが、すでに遅かった。救急車の中で蘇生《そせい》を試みはしたが、厳密に言えば、すでに家で亡くなっていたのだと言われた。死亡証明書には、「自然死」と書かれた。

「ただ息をするのをやめただけって、感じです。お年寄りにはよくあることで。多いんです、こういうことは」医者は確信をもってそう告げた。

ローラが病院へ到着する前に、医者がボブに電話でハリーの死を告げていた。エミリーを迎えにいく前に、ローラは携帯でボブに電話してみたが、応答はなかった。家に帰ると、エミリーにテレビを見る態勢を整えてやってから、ローラは二階へ行って、またボブに電話した。この前の電話のときにかっとなってしまって、今では罪の意識さえ感じている。

「はい、ボブ・ホイットニーです」

「ボブ、ローラよ。大丈夫?」

「ああ、平気だよ。エミリーはどうしてる?」沈んではいるようだったが、声は元気そうだった。

「しばらく泣いていたけど、いろいろ話しているうちにだんだん落ち着いてきたみたい。あなたはほんとうに大丈夫なの？」

「俺？　平気だって」彼は答えた。

「ほんとうに？」彼女はしつこくきいた。ぜんぜんとり乱さないなんて。そりゃあ、ふたりは仲が良くはなかったけれど、それでもハリーはボブの父親だ。「ほんとうに平気なの？」

「なんだか例の結婚セラピストみたいな言い方だな」

「冷静に受け止めてくれて、よかったわ」

「あのさ、六時の飛行機が取れたから、九時ごろにはそっちに着けると思うんだ。どうしようか迷ったんだけど——」彼は言葉を濁《にご》した。

彼女も一瞬躊躇《ちゅうちょ》したが、エミリーのことを考えて承知した。「ええ、そりゃ、うちに来たほうがいいわ。エミリーにできるだけのことをしてやりたいし。ただ、私たちのことはしばらく言わないほうがいいわね。一週間のうちに二回もショックを受けるなんて、かわいそうだもの」

「そうだな。ローラ、いろいろ、ありがとう」

「迎えにいきましょうか？」

「いや、エミリーのそばにいてやってくれ。レンタカーを借りるから」

「じゃあ、今夜」

「じゃあ」

葬儀はハリーの家の近くの大きな煉瓦造《れんがづく》りの教会で執り行われた。近所の友人たちも大勢参列しての、立派な葬儀だった。墓地へ行って短い埋葬式を終えると、何人かの友人、親族たちは教会の集会所に戻ってきて、信徒会の女性たちが用意してくれたお昼を食べた。ボブとボブの姉のミッシェルと、それぞれの家族だけではなくて、遠い親戚《しんせき》の人たちも大勢出席していた。

ボブはテーブルの向こうにいる姉を見て、姉弟ふたりきりで話す暇がほとんどなかったことに気づいた。姉夫婦は前の晩遅くにこちらに到着していたが、空港近くのホテルを取っていた。姉は少し太ったみたいだ。それにしても、どうしてグレッグなんかと仲良くやっていられるのだろう。ボブより三つ上の彼女は十九歳という若さでグレッグ・ブラッドリーと結婚した。ふたりが惹《ひ》かれあったことにはべつに驚きもしなかった。そういうのはタイミングの問題だから。ふたりが出会ったのは、グレッグがニューヨークの大学院に入学が許可されたばかりのころだった。その六週間後、ミッシェルはハリーに置手紙を残して駆け落ちしてしまった。ハリーはひどく憤慨して、その後一年近く、娘と口もきかなかった。ようやく和解してからも、父娘の関係はもとどおりにはならなかった。この結婚は長続きしないだろうとボブは踏んでいた。が、二十年たった今でもふたりは幸せそうにやっている。自分の結婚とはまるでちがう、と彼は思い知らされた。

あんな遠くに住むことになってミッシェルの苦労も並大抵ではなかっただろうにとボブは思った。

姉夫婦とふたりの息子たちはクリスマスには毎年やってきたが、グレッグが長逗留《ながとうりゅう》を嫌ったのでいつもすぐに帰っていった。今回は、息子たちは置いてきたほうがいいと判断して、ふたりだけで来ていた。

たしか、グレッグは明日の午前中には仕事に戻らなければならないから、早朝の便で帰るとミッシェルは言っていたはずだ。ハリーが死んでしまったとなると、今後姉に会う機会はあるのだろうか？グレッグはニューヨークの証券会社で何年か働いていたが、最近になってボストンに移った。きっとこのままずっと東海岸に住むのだろう。彼らが財政的に豊かなくらしをしていることは、みんなが知っていた。というのも、グレッグが会う人ごとにその話題をもちだしたからだ。いいやつなのだが、自分の業績を自慢しすぎる。やつの自慢話は聞き流すに限るとボブは考えていた。

昼食会も終わりかけたころ、ボブは教会の広いホールの隅にミッシェルがひとりで立っているのを見つけて近づいていった。子どものころ、いつもふたりは仲良しだった。今こうしてふたりきりで向き合ってみると、びっくりするくらいに話すことがなかった。

「すばらしいお葬式だったよね？」

彼女は考えながらうなずいた。「淋しくなるわね」

ボブはハリーが死んで自分も淋しいと答えられるものならそう答えたかった。なにも感じないとは言いたくなかった。だから、そのまま彼女が話し続けるのを黙って聞いていた。

「そりゃあ、私たち、仲がいい親子ってわけじゃなかったけど。あんな頑固おやじ。でも、おかしいわね。あんたが電話をくれて、パパが死んだって聞いたときね、私、キッチンの床に座り込んで泣いちゃった」

「おやじ譲りだな」

「感情的なところが？」

「ちがうよ、頑固なところ」

彼女はボブのこの機転のきいたひとことにほほ笑んだ。

「感情が昂《たか》ぶると、いっつもそうやって冗談でごまかすんだから」

ボブは肩をすくめた。「そのほうが楽だからね。こんなところでハリーの話をしてるなんてさ」彼は答えた。

「楽しいこともあったわよね。覚えてるでしょ、私が結婚して家を出る前のこと。そりゃ、パパはファーザー・オブ・ザ・イヤーってわけにはいかなかったけど、あの状況での最善は尽くしてくれてたと思うわ」

「ああ、確かに、そうかもしれない」ボブは答えた。

「気難しい老人になったパパなんて、思いだしたくもない。よかったころのことを考えていたいの」

「よかったころなんて、あったっけ？」

彼女は彼のこの言葉を無視した。「で、ローラとはうまくいってるの？」

「ああ」

「ほんとうに？　私をごまかせると思ってるの？」

彼は一瞬黙って、自分の顔をまじまじと見つめる姉の目を見つめた。「うん、ほんとうはね。もう終わったって感じだな。もうもとには戻れない」

今度は弟も真面目《まじめ》に答えていることがわかった。「残念ね、ボブ――ほんとうに。うちだっていろいろ大変だったのよ、グレッグと私だって。めちゃくちゃどなり合ったりして。もう、見せてあげたいくらい。でもどういうわけだか、丸くおさまっちゃうのよね。ねえ、そうは言っても今でも彼女にはっとさせられるようなことって、あるでしょ？」

「ぞっとさせられるってことならあるけど」

「そんなにダメなの？」

「なんかいつも空々しくってさ。もうなんにもなくなっちゃったって感じ。昔はこんなんじゃなかったのに」

「じゃあ、昔となにがちがっちゃったの？」

「それをふたりでずっと考えてるんだけど。まだ、なんの答えも出てないんだ」

「なにかためになることを言ってあげたいけど、どうせ役に立たないでしょうから」

グレッグが話に加わってきた。彼はまるで生まれてから今日までずっとボブと親友同士だったかのように、腕を回してきた。ミッシェルがその場を離れていったので、グレッグとふたりきりになった。

「残念だったな、ボブ。お悔やみを言わせてもらうよ」グレッグが言った。

「うん、ありがとう」

「それにしても、いい葬式だったな。人も大勢集まったし」

「うん、やっぱりそれがいちばんだよね」とボブは応えた。グレッグはボブの声にこめられた皮肉にはまるで気づかなかった。

「いいおやじさんだったよな」

「いいおやじ?」

沈黙が流れた。グレッグがまた言った。

「ところで、あの家も片づけなくちゃならんだろう、売るんだったら?」

ハリーの財産の話題を最初にもちだすのはグレッグだろうということは、ボブも予測はしていた。べつに、金に困ってるわけでもないのに。それにしても、よりによって、葬式の日に言い出すとは――なんて無神経なとんま野郎だ。

「まあ、そういうことになるかな。とりあえずはサンディエゴに戻らなくちゃならないけど、また来週こっちに来るから。たぶん、そのときにそれも含めていろいろ決められると思う。ローラは不動産のプロだから、手数料が節約できるってことだけは確かだね」

こう答えておけばグレッグもご機嫌だろう。

「お、そいつはすごい。そこまでは考えつかなかったよ」

「でも、ハリーの遺書があるかどうかもまだわからないし。財産をどうするかは弁護士にも相談してからだな。今はまだ、そこまで手が回らなくてね」

「ああ、そりゃそうだな」

「そっちもすぐ仕事に戻らなくちゃいけないんだろう？　今夜の便だっけ？」

「ああ、明日の朝早くね。それがさあ、ボブ、ここのところ合併する会社が多いだろう？　もう俺なんか、睡眠時間が取れるってだけでめっけもんだよ。今もふたつの大手銀行の書類を準備してる最中なんだ。どこの銀行かはまだ言えないけど。報道されたら大ニュースだな。何十億ドルもの金が動くんだから。こっちの取り分も少しは上げてほしいもんだよ。いつだってブローカーが割を食うんだ。じつは、今、もうひとつ大きな取引をしててさ……」ボブは手を伸ばしてスイッチを切りたくなった。スイッチがあればの話だが。しかたがないからうなずいて聞いているふりをしていたが、心はどこかよそへと漂っていった。

――エミリーはこの葬式のあいだはずっと頑張っていた。涙も少ししか流さなかったし。ほめてやらなくては。どうしてもエミリーをサンディエゴに連れていきたい。そうすれば、ふたりでゆっくり話す時間もとれる。そう、それも、離婚の話を聞かせる前のほうがいい、少しでも心の準備をさせておいてやりたい。エミリーもきっとあの海が気に入ってくれるだろう。穏やかな日のサンディエゴの海岸ほどいいものはない――。

「で、当分サンディエゴにいるのかい？」

――一日中海岸で遊んで、それから「ラ・カシータ」へメキシコ料理を食べにいこう。あそこのエンチラーダはメキシコシティよりこっち側では最高だ——。

「まだサンディエゴにいるのかい？」グレッグはその場にいる半数の人間が振り返るくらいの大声を出した。ボブは白昼夢から醒めた。

「ああ、そうだよ、グレッグ」ボブはぜひ自分を見習ってほしいと言わんばかりに小さな声で話した。

「君とローラがうまくいってないなんて、残念だな」

「まあ、ね」ボブはささやいた。「そうだ、エミリーがどうしてるか見てこなくちゃ」そう言い訳をして、ボブはその場を立ち去ると、ローラと娘のいるほうに向かって部屋を横切っていった。

「おーい、エミリー、新鮮な空気を吸いたいんだ、ちょっとパパを外に連れ出してくれないか？」

「いいわよ、パパ」エミリーは手を伸ばして父親の手を取った。


ローラはエミリーが寝つくまで黙って添い寝してやっていた。寝ついたのを確かめると、部屋からつま先立ちでそっと出て、キッチンへ行き、コップにミルクを注いでテーブルの席に座った。

体は疲れきっているのに、頭は動き続けていた。今日あったことをいろいろ考えていたら、ボブがドアから顔をのぞかせた。

「もう寝るよ、おやすみ、ローラ」

「どうしてもう私のことを愛してくれないの？」彼女はぼんやりと尋ねた。

「ローラ、やめてくれよ。今日はみんな感情が昂《たか》ぶってるんだから。その話はまたにしよう」

「もう終わったってことはわかってる。それは認めるわ。ただ、このまま一生考えたり、悩んだりしながら生きていくのは嫌なの。だから、教えて、ボブ？　どうしてなの？　だれかほかの人がいるの？」

「いないよ、そんなの」

「じゃあ、なんで？」

彼はためらった。このまま話を続けたくはなかったが、話す義務を感じた。「うまく説明できそうもないけど。ただ、もうなんにもないって感じなんだ。昔とはちがうって。どうして、とか、どういうふうにとかは自分でもわからない。君のせいじゃないんだ。ただ、前進しなくちゃいけないって気がして」彼女がわけがわからないという顔をしたので、彼は言葉を加えた。

「どこかにあんまり長いこと座ってたせいで足がしびれてきたってことない？　――でさ、周りには人がいるからそのまま立ち上がるわけにもいかない――だから気が変になりそうなのを我慢《がまん》しながら、座り続けてて、叫びださないように堪《こら》えてる。しかし、ついに限界に達して、立ち上がって動き回ったり、足を振ってみたりするしかなくなる。だれが見ていようと、その後なにが起ころうと、ね。そういうことなんだ、今俺が感じてるのは」

ローラはうつろな目で見つめた。「じゃあ、あなたは足がしびれてきたから別れたいってこと？」

「ローラ、頼む、わかってくれ」

「私だってわかりたいわよ。でも、わからない。それで、エミリーにはいつ話すの？」

「今度俺がこっちに来たときか、その次に来たときか。君がいちばんいいと思うときまで待つよ」

「どっちにしても、あの子を傷つけることになるわね」

「そのくらい俺がわかってないとでも思うのか？　エミリーのことを考えると、俺だって胸が張り裂けそうになる。でも、しかたないことなんだ、これは」

あんまり疲れていたので、彼の話を理解しようという気にもなれなかった。

彼がもう部屋を出ようとしたそのとき、彼女がまた口を開いた。

「へんだと思わない、ボブ？　ウェストリッジに連れていこうと思ってた前の日に死んじゃうなんて」

「なにが言いたいんだ？　ハリーが自分の意志で死んだって言うのか？」

「だって、ホームに連れていったときのあれ、見たでしょ？　考えてもみてよ。お父さんは五十年以上もあの家でくらしてた。引っ越そうと思えば引っ越せたのに、そうしたいとは思わなかった。自分で建てたんですものね。そうよ、きっと、あそこで死にたかったのよ。どうやって死んだのかはわからないけど。こんな偶然って。ほかになにか理由が考えられる？」

彼女の話に同意などできなかったが、今ここでそんなことを言い合ってもなんにもならない。べつにどうでもいいことだ。それよりいちばん簡単なのは話題を変えてしまうことだった。

「グレッグがさぁ、あの家をどうするとか考えてんだよ。信じられないよな？　言っといたよ、それは来週考えるって。ハリーは毎月社会保障手当てももらってたし、きっとほかにもいくらか貯《た》め込んでたんじゃないかなあ」

「あなたって、ほんとうにおかしいわよね、自分のお父さんのことぜんぜんわかってないみたいで」

「そりゃあ、あれだけ仲が悪かったんだから。あのさ、遺書がなかったらどうなるのかなあ？　財産とかも、どうやって処分すればいいのかぜんぜんわからないよ。俺の弁護士に電話してきいてみるか」

　俺の弁護士という言葉がローラの耳元できしんだ。でも彼女は黙って座ったまま彼の話を聞いていた。

「明日の午後サンディエゴに戻るけど、来週またこっちに来て、ハリーの家のこととか片づけるよ。朝になったらちょっと行って、売るとしたら、どのくらい片づけたらいいか見てみよう。うん、そうしよう。それがすんだら、エミリーになんて話すかをゆっくり考えればいい。な？」

　抱き合うことも、軽く手を握り合うことも、視線を交わすこともなかった。ローラがうなずくと、ふたりは「おやすみ」と言って、それぞれのベッドへ戻っていった。ボブのいない冷たいベッドでひとり、ローラは眠ろうとしたけれども、さっきのことが頭から離れなかった。人は自分の意志で死ねるのだろうか？

Chapter Nine
第9章

エミリーがスクールバスの時間に合わせて家を出たあと、ボブとローラはハリーの家を見にいった。奇妙な感じだった。ローラにはまだカーラかハリーがその辺からひょっこり出てきそうな気がした。だが、ふたりとももう出てこなかった。ボブは地下の木製の書類棚を調べ、ローラは一階をうろついていた。家具はどこも傷んではなかったが、古くなっていた。新聞広告に出して売ることもできるだろうけれど、大してお金になるとは思えなかった。この家の中がこんなに寒くてがらんとしているのは、どこかしっくりこなかった。ハリーは理解しがたい人間で、たいてい気難しく、あきれるほど頑固だったが、調子のいいときもあった。彼がもういないと思うと、悲しかった。エミリーの訪問はふたりにとってあんなにも大事な時間になっていたのに。

彼女はふらふらと、奥にあるハリーの寝室へと入っていった。パソコンの置いてあるデスクの脇の床の上には段ボール箱が開けっ放しで置かれていた。中をのぞくと大きな本が三冊きちんと積み重ねられている。好奇心にかられて彼女はいちばん上の一冊を取り出し、調べてみた。中の紙は便箋《びんせん》ほどの大きさで、紙の片面にしか印刷されていないところを見ると、自分のレーザープリンタで印刷したと思われる。ページの左側の余白に穴を開け、糸を通して綴《と》じてある。表表紙と裏表紙は固い――どうやら板にアイヴォリーと金色の地の布を貼って作ったもののようだ。それを撚糸《よりいと》で留めて製本してある。素人の手作りとはいえ、見事なできばえだった。表紙には黒インクで題名が記されており、見慣れたあの老人の筆跡で、「『人生の詩』 ハリー・ホイットニー作」と書いてあった。

彼女は箱から残りの二冊も取り出してみたが、ぜんぶ同じもので、どうやらハリー自身が書いたと思われる詩や物語が収められていた。

本を開いてじっくりと本文を読み始めたところで、ボブの声に中断された。

「ローラ、ちょっと降りてきてくれ。遺書があった」

ローラが本を手に持ったまま階段を降りていくと、ボブは古い棚の脇にある椅子《いす》に座っていた。引き出しがいくつも引き出されたままになっていて、床にはフォルダが散乱していた。ボブはホチキスで留められた書類を何冊か手に持って調べていた。

「やっぱりハリーは遺書を書いてたよ。信じられないだろうけど、この家はエミリーに遺《のこ》すって」

「エミリーに?」

「ここにそう書いてあるんだ」彼は手にした書類を持ち上げて見せた。「一年半くらい前に書いたみたいだな。いやあ、グレッグも気に入ってくれるかなあ、これ?」彼はいたずらっ子のような笑みを浮かべて言った。

「ほかになんて書いてあるの?」

「見たところ、じつに標準的な遺書みたいだ。この家を信託財産の形でエミリーに遺《のこ》していて、預貯金をミッシェルの子どもたちに遺《のこ》してる。上のデスクにもっと最近の銀行の明細書があるかもしれないけど、ここにしまってあるものだけでも一万四千ドルくらいはありそうだ。これならやつも躍り上がって喜ぶだろう」

「それって、法律的に有効だと思う？」ローラがきいた。

「弁護士が書いたみたいだから、たぶん、有効だろう。写しを役所に提出してあるのかどうかはわからないけど。俺の弁護士に見てもらってくるよ。確認できるまではミッシェルとグレッグには言わないほうがいいな」

「私が見つけたものもすごいんだから」ローラは彼の話をさえぎって、自分の戦利品を手渡した。

「なんだ、これ？」ボブは彼女の手から本を受け取って言った。

「お父さんが書いたのよ。装丁も自分でやったみたい。ほら、元気なころのハリーって、すごく器用だったじゃない？　何年も書きためておいた詩や物語を集めたもののようね。ねえ、すごくよくできてると思わない？」

その本をつくづく眺めてみて、ボブはハリーによくこんなことができたものだと驚いた。

「すごいな。あとで読んでみるよ」彼は山積みのファイルの横にその本を置いた。

「ねえ、三冊あるのよ。まったく同じものが。一冊はエミリーにもらっていっていいわよね。あとの一冊はミッシェルとグレッグに送ったらどうかしら？」

「うん、それがいい」ボブはそう答えると、またデスクの書類に注意を戻した。

書類の整理を続けるボブを残して、彼女はまた一階へ上がっていった。適当な椅子《いす》に腰を降ろして、ハリーの本を一冊手に取り、読み始めた。詩の中にはふざけたようなものもあれば、真面目《まじめ》なものもあった。それに、まるで意味のわからないものもあった。こうやってアルツハイマーが頭も体も蝕《むしば》んでいくなんて、ひどすぎる。老いるにつれて病んでいく人の姿を目の当たりにするのは、ほんとうに悲しい。

ボブは段ボール箱一杯にファイルを入れて、上がってきた。

「マネーマーケットの口座の明細もあって、二万二千ドル残ってた。それと、退職金の口座に一万二千。ぜんぶで四万八千になるけど、まだこの家の値段には到底およばないな。ただ、おもしろいことに、この家はエミリー名義の信託財産になるわけで、俺の読み方が正しければ、エミリーが十八になるまでは売ることができないんだってさ。まあ、法律の専門家の意見も聞いて、ちゃんと確認するけどね」

「ほんとう？　どうしてそんなことにしたのかしら？」彼女は不思議がった。

「さあね」ボブは眉を吊り上げて見せた。「もともとわけのわからない人間だったからな」

「さっきの本、持ってきた？」

「あ、下に置いてきちゃった。ちょっと待ってて」

ボブはまた階段を降りて、ハリーの詩の本をつかんだ。それを持って戻ってくると、段ボール箱に入れた山積みのファイルのいちばん上にぽんと置いて、箱ごと車のトランクへと運んでいった。


グラント・ミドグレーには客を案内しにいくと言ったが、じつは市の図書館へと車を走らせた。どこから調べればいいのかわからなかったので、インフォメーション・カウンターにいる司書に近づいていった。

「すみません、あの——ええっと、——死について調べたいんですけど。そういう本って、どこを見たらいいのかしら？」

「もう少しテーマを絞れませんか？」

ローラは無理に笑顔を作った。「それが、人は自分の意志で死ねるものかしらって考えてて——」どこかおかしいのではないかという目で見られる覚悟はできていた。ところが、司書の女性は急にやさしく友好的な態度になった。

「私の兄も突然死んでしまったから、よくわかるわ。ええっと——それじゃあまず始めに——」彼女はコンピュータのキーボードをいくつか叩《たた》き、情報を書きとめた。「宗教と哲学のコーナーにこういう題名の本があって、それから医学関係のコーナーにはこういうのがありますから、調べてみてください」

「どうもありがとう」

「どういたしまして。またなにかあったら、言ってくださいね」

ローラはまず宗教と哲学のコーナーへ向かった。通路二列分の書棚に本がぎっしり詰まっていた。すぐに答えが見つかると思っていたのに、四十五分もたって、気がついたら聞いたこともない実存主義的経験についての情報の山に埋もれてしまっていた。二列目を探したら、死後の世界についての本が何十冊とあったけれども、彼女の疑問に答えてくれそうな本はなかった。時間もだんだんなくなってきたので、今度は医学関係のコーナーにいってみた。すばやく何冊か拾い読みして、なんとか見当だけでもつけたいと思ったが、取り出した本はどれも臨床医療に関するものばかりだった。もうだめかとあきらめかけたとき、一冊の本の中のある章が目にとまった――「アルツハイマー、またはAD――老人を襲う病」

彼女はその章をめくると、興味津々《きょうみしんしん》で内容に目を走らせた。

「アルツハイマー病は進行性の神経組織変性の病気で、その特徴としては、記憶の喪失、言語能力の退化、判断力の低下、そして、無関心な態度などが挙げられる。まず記憶力の衰退という症状から始まり、何年かの後には認識力、人格、そして、あらゆる身体機能の中枢が破壊されていく。AD患者は最終的には自分ではなにもできなくなる。ADの初期の症状はごく普通の老化現象と似ているので見逃されやすい。さらに、似たような症状は、疲労、悲哀、うつ病、さまざまな身体的疾患、視力の低下、アルコール摂取などが原因でも引き起こされる。ADの正確な原因はまだ知られていない。研究者によると、遺伝的要因、老化の進行、及び、環境などの要因が組み合わされて起こるのではないかともされている。現在合衆国では約四百万人のAD患者がいると推定されている」

おかしい。ハリーはADだと言われていた。でも、この記述からすると、ハリーの症状は完全には当てはまらない。もし症状の悪化を伴う進行性の病気なら、どうしてハリーはときどき正常な状態に戻ったりしたのだろう？　老人ホームを訪問したあの日だって、一時的、いや、ほんの一瞬ではあったけれども、ハリーの頭はしっかりしていた。彼女はもう一度その項目に目を通してみた。ある一節が目に飛び込んできた――「似たような症状は、疲労、悲哀、うつ病、さまざまな身体的疾患……」

ひょっとしたら、ハリーはアルツハイマー以外の病気だったのでは？

彼女はそのページをコピーしてから本を棚に戻した。それから携帯を出して、カーラに電話した。

「カーラ、元気？　ローラよ」

「まあ、ローラ。どうしてる？」

「元気よ。お葬式のときは、わざわざ来てくれて、ほんとうにありがとう」

「やめて、お礼なんて。ハリーにお別れを言いたかったからに決まってるじゃない」

「でもありがとう。それでね、ちょっと、ききたいことがあるんだけど」

「なに？」

「ハリーを病院に連れていってくれたことあるでしょ？」

「ええ、何度かね。ハイランドドライブにある病院に」

「そう、それ。ハリーが診てもらってた先生の名前、覚えてる？」

「それが知らないのよ。いつも外で待ってたから。なんで？　請求書でも送ってきたの？」

「ううん、ただちょっときききたいことがあって」

「あそこは先生が大勢いるから。でも、行ってみたら教えてくれるんじゃない？」

「それもそうね。ねえ、来週お昼でもいっしょにどう？」

「いいわね。じゃあ、月曜日にまた電話くれる？　そのときに決めましょう」

カーラとの電話を切ると、ローラは電話帳を取り出して、番号を調べ、病院にかけてみた。六回鳴って、受付係が電話にでた。

「TSIメディケア〔老人や身体障害者のための政府医療保険制度による〕病院です。しばらくお待ちくださ い」

五分近くも待たされて、やっと受付係が戻ってきた。

「お待たせしました。どういったご用件でしょうか？」

「ハリー・ホイットニーの主治医だった先生にお会いしてお話を伺いたいんですけど」

「何先生でしょうか？」

「それがわからないから電話してるんです」

「少々お待ちください」

ローラはまた何分か待たされた。やっと戻ってきた受付係が言った。「ミスター・ホイットニーの予約をお取りになりたいということですね？」

「いいえ、そうじゃなくて。ハリーは、その、ミスター・ホイットニーはもう亡くなったの。それで、主治医の先生に二、三ききたいことがあるんですが」

「少々お待ちください」まぁなんてすてきなんでしょ、メディケア病院って、とローラは電話から流れてくる穏やかな音楽を三たび聴かされながら考えた。

「すみませんが、患者さんの同意がないと、先生にはお会いになれません」

「だから、その患者は死んでるんですって」

「お気の毒です。ではまずこちらにいらして権利放棄書にご記入の上、サインしていただければ先生が確認いたします」

「聞こえないの？　患者はもう死んでるのよ」彼女は抗議した。

「聞こえてます。ですから、権利放棄書にサインをいただかなくてはならないんです」

「じゃあ、すぐ行きます」お役所仕事という言葉は聞いたことがあるけれど、これじゃ、あまりにもばかげている。でも、じかに顔を見て話したほうがまだ見込みがありそうだったので、ローラは車で病院に直行した。さっき電話にでたのと同じ受付係と一言二言話をしてみて、ローラはこの女には温かい血は一滴も流れていないのだと確信した。

「では、もう一度確認させてもらいますけど。患者本人のサインが必要だけれど、それは無理。本人が死んでるんだから。もし生きているなら死んだ原因を知るために本人のサインを取る必要もない。だって、本人がまだ生きてるんだから。でしょ？」

「すみませんが、私、ここに来てまだ一か月なんです。勝手に規則を変えるわけにはいきません」

「あ、わかった。あなた、ここに配属される前は陸運局の交通取り締まり課にいたでしょ？　ね、当たった？」

この女性はにこりともしなかった。「いいえ、毒物取り扱い室にいました」

「医者はいないの？　話が通じる医者は？」

「すみませんが、予約がないとお会いになれません」

「よかった！　じゃあ、予約を取るわ」

「患者番号は？」

「そんなのないわよ」

「すみませんが、予約を取るには患者番号が必要となります」

「ねえ、すっごくばかみたいなこと言ってるってわかってる？」

「申し訳ありませんが、規則ですから」

「バッカじゃないの！」

ローラはそう言うと、怒り狂って向きを変え、嵐のように受付から出ていった。エレベーターのドアが閉まる直前に、白衣を着た男性がひとり、駆け込んできて手を差し出した。

「どうも。ぼく、ドクター・アイヴァリーです」ローラはなにも言わずに彼と握手をした。

「さっき、聞こえちゃったんですけど。なにかお役に立てないかと思って」

「ここで働いているのはバカばっかりだってご存知でした？」彼はただ助けてくれようとしているだけなのに、こんなことを言ってしまって、彼女は自分のがさつさを後悔した。相手は気にしていないようで、「まあ、話してみてください」とほほ笑んで応えた。「ぼくになにかできないかな？」

彼女は深く息を吸って、言った。「ご親切に、ありがとうございます」

「お役に立てればいいんだけど」

「私の義理の父親のハリー・ホイットニーのことなんです。ここにかかっていたんですけど、先日アルツハイマーで亡くなりました。そのことで、ちょっとおききしたいことがあって」

エレベーターのドアが開いた。ふたりはホールを歩きながら話を続けた。

「患者さんが亡くなると、どんな情報もお教えしないことになっているんです。医療過誤の問題とか、訴訟なんかに関係してきますので。でも、内緒にしてくれるなら、調べて電話してあげてもいいですよ——もちろん、オフレコで」

彼女はびっくりした。お役所仕事という泥水の渦巻く大海の真ん中に、健全な水がまだ生き残っていたとは。

「神様からの贈り物だわ」

「たぶん、大丈夫。で、なにが知りたいんですか？」

「ほんとうにそうだったのか。つまり、アルツハイマーだったのかってことです」

「それだけ？」

「ええ、とりあえずは。もし、ハリーがなにかほかの病気だったのなら、知らせてください――なにかほかの症状とか、そういうものがあったのかどうか」

「わかりました。もう一度名前を教えてください」

「ハリーです。ハリー・ホイットニー」

彼はメモ用紙に書きとめた。「よし、っと。あと、あなたの電話番号は？」彼はペンを構えたまま、ローラの返事を待った。

「私の？」彼の質問はぶしつけで場ちがいな気がした。

「電話番号です。なにかわかったときに連絡するために聞いておかないと」

彼女はとまどった。「ああ、そうですよね。ごめんなさい」

医者が電話番号を書きとめているあいだに、彼女は自分の番号を繰り返した。

「それで、あなたのお名前は？」

「ローラです。ローラ・ホイットニー」

「よし、と。じゃあ、今夜電話します。ご自宅にいらっしゃいますか？」

「ええ」

「じゃあ、今夜」彼女は向きを変えて駐車場に向かって歩きだした。彼は手を振って見送っていた。

ほんとうにただ助けてくれただけかしら？　それとも下心？　思わず彼女の口元がゆるんだ。

シャワーを浴びていたので電話の音が聞こえなかった。ベッドに入っているはずのエミリーがバスルームのドアの向こうから叫んだ。

「ママ、男の人から電話よ。ママとお話がしたいって」

「はい、今行くわ。ありがとう。じゃあ、もう上に行って寝なさい、早く」エミリーは目玉をぐるりと回して、「せっかく電話にでてあげたのに」と言いたげな視線をローラに送ってから、自分の部屋へ駆け戻っていった。

「もしもし、ローラです」

「もしもし？　ドクター・アイヴァリーですが。さっきでたの、お嬢さん？」

思いがけない質問だった。さっきはせっかく寝ていたエミリーが電話で起こされて残念に思ったが、突然、感謝の気持ちに変わった。

「ええ。うちの七歳の娘です。エミリーって言うんですけど」

「シャワーを浴びてらっしゃるって言ってたけど。すみません、お邪魔しちゃって」

電話のエチケットについて、エミリーにちょっと教えておかなければ。明日の朝いちばんに。

「いえ、大丈夫です、ぜんぜん。で、なにかわかりましたか？」

「彼のカルテを調べたんですけど。ごくふつうの内容でしたね。ただ、メディケア病院では必要以上の検査はしませんので」

「じゃあ、やっぱりアルツハイマーだったんですか？」

「カルテにはそう書いてあります。けど、正直言って、本人が亡くなってしまった今となっては、確認のしようがありませんからね。彼にはアルツハイマーと思われるあらゆる症状が見られた、ただし、それは老人の多くに見られるものでもある。ただひとつだけ、気になったのは、記録によると、彼は診察に来たときはいつもじつにしっかりしてたそうです――まあ、ほかの事例とくらべれば。となると、病気の初期の段階だったってことになりますが。死に至ったとなると、かなり病気が進行していたはずでして――」

「じゃあ、アイヴァリー先生、もう一度確認させていただきますけど……」

「あの、スティーヴでいいです」

「では、スティーヴ先生。もし、アルツハイマーになったら、いつまでも頭がしっかりしてるってことはあり得ますか？　毎日何時間かですけど、ふつうに――つまり、知能の面で、ふつうにしていられるなんてこと、あり得ますか？」

「これは進行性の病気ですから、初期の段階ではふつうに見えることはあります。でも、進行するにつれて、身体的能力も、知的能力も徐々に衰えて、ついには自分ではなにもできなくなる」

「ハリーはアルツハイマーだったと思われますか？」

「さっきも言いましたが、断定はできません」

「じゃあ、仮に、そうじゃなかったとしたら、ほかにはどんな病気が考えられますか?」

「お酒は飲まれましたか?」

「いいえ、そうしょっちゅうは」

「なら、ほかにもひとつだけ可能性があるんだけど、ぼくの専門じゃないからなあ」彼は口ごもった。

「なんです? なんなんですか?」

「もしかしたらってだけなんだけど。精神の病気だったたってことも考えられます」

「ハリーは頭がおかしくなってたってことですか?」

「医学用語ではそうは言いません」

「じゃあ、どう言うんです?」

「彼にはいわゆるアルツハイマーの症状が見られた。そう診断してしまえば楽ですし、それに——なんて言ったらいいか——病院としては、そのほうが実入りがいい。でも、精神的な病気だったとしたら、たとえばうつ病とか、それでもおっしゃったような症状はでるんです。一度専門医に会って、このことをぜんぶお話ししたらいかがです? きっとなんらかの答えが得られると思いますけど」

「最後にもうひとつだけ、おききしていいですか?」

「どうぞ」

「人間は、自分の意志で死ねますか?」

「好きなときに、ってことですか? そういうのは知らないなあ。患者さんの姿勢がいかに回復力に影響を与えるかという研究報告は読んだことがあるけど。つまり、生きたいと強く望む患者さんのほうが、同じ病気を患っていたにしても、まるで治そうという気力がなくて絶望してしまった患者さんにくらべたら、回復する率はずっと高いんです。だから、今の質問ですけど、患者さんの姿勢というのはかなり重要になると思いますね。でも、たとえば明日死にたいって思ってて、ほんとうにそうなるなんて——そんな話は聞いたことがない」

「先生？」

「はい？」

「いろいろやっていただいて、ほんとうにありがとうございました」

「いや、いいんですよ。エミリーちゃんにもよろしく。じゃあ、またなにかありましたら電話してください」

ほんとうにいい人だった。「はい、ありがとうございます」

電話を切ったとたんに、電話が鳴った。

「ローラ、ボブだけど。いつまで話してるんだよ。だれと電話してたんだ？」

「スティーヴ・アイヴァリー」

「だれ、それ？　いや、いい。あのさ、明日、行かれなくなっちゃったんだ。ハリーの家の片づけを始めようって言ってたけど。仕事が入っちゃって。来週の週末まで延ばしてもらいたいんだけど。いいかな？　家だってそれまでに売らなくちゃいけないってこともないわけだし——」

「いいわよ、それで。こっちの予定はいつでも動かせるから」

「よかった。今弁護士に遺書を調べてもらってるんだ。まだちゃんと見てもらったわけじゃないけど、どうやら家を売ることはできるみたいだって。売った金をエミリーが成人するまで信託財産として預けておく必要はあるみたいだけど。二、三日したら詳しいことがわかると思う」

「ボブ、今ちょっといい？　私、調べたのよ。アルツハイマーのこと。この病気が脳神経を破壊することは知ってたでしょ？　たいていの人はちょっとした物忘れから始まるんだけど、最終的には自分ではなにもできなくなるんですって」

「それで、なにが言いたいんだ？」

「だから、ハリーはそうじゃなかった。そりゃ、物忘れをしたり、調子が悪くなるときもあったけど、それでもまだちゃんと考えられるときもあったの。完全には当てはまらないわ」

「ローラ？」

「えっ？」

「そんなにこだわるなよ。いいじゃないか、もう。ハリーは死んだんだ。原因なんて、どうでもいい。安らかに眠らせてやれよ」

「余計な心配してごめんなさい。でも、どうも釈然としなくて」

「へんだよな。俺の父親なのに。君のほうが気にかけてるなんてさ」

「そうね。でも、釈然としないの」

彼にも彼女の言うとおりだということはわかっていた。「とにかくこれ以上、エミリーに嫌な思いをさせないでくれよ」

「そりゃあ、あなたはエミリーにいい思いばかりさせてるものね」

「もう切ったほうがよさそうだ。話がおかしくなってきた。来週の予定がわかったら電話するよ。じゃあ」

ボブが電話を切るカチャッという音が聞こえても、ローラは受話器を耳に押し当てたまま動かなかった。彼は葬儀がすむとさっさとあちらへ行ってしまったが、そのことにはべつに腹も立たなかった。でも、自分の父親のことをまるで気にかけず、こちらの話を聞こうともしない態度には不満が募った。自分の父親の死に不審なところがあるってことがわからないのだろうか？　ゆっくりと受話器を戻しながら、ローラはまだハリーのことを考えていた。

Chapter Ten
第10章

レストランには本場の雰囲気が漂っていた。天井に取りつけられたスピーカーからはマリアッチが流れ、壁には色とりどりの絵が飾られ、店内にはチラントロとサルサの香りが充満している。贅沢《ぜいたく》な造りでもなければ、おしゃれな店でもない。けれどもこの「ラ・カシータ」へ来る客のお目当ては、店の雰囲気ではなくて、そのとびきりおいしい料理だった。彼は彼女が来るまでに、コップ二杯の水と、皿に盛られたポテトチップスを半分ほども平らげていた。ここでなら、彼女と会ってもなんの罪もなさそうに思えた。ドライブにでかけるような、ちゃんとしたデートというわけではなかったから。

彼女が現れた。髪を肩の辺《あた》りまで垂らしている。ジョギングのときのようにうしろで束ねているのではない。彼女は明るくて、魅力的で、そしてなによりも、自分に興味をもってくれている。ローラとの仲がうまくいっていないからといって、一生ひとりで過ごすわけにはいかない。ジョギングはもう何度かいっしょにしたから、そろそろ次の一歩を踏み出してもいいころだった。大きな一歩だから、緊張する。恐怖とスリルを同時に感じた。

「やあ、シンシア」

「こんばんは、ボブ。ごめんなさい、遅くなっちゃって」彼女は前に歩み出ると、彼と挨拶《あいさつ》がわりの抱擁を交わしてから腰を降ろした。

「いや。こっちもちょうど今来たところなんだ」彼女はテーブルの真ん中に置かれたポテトチップスの皿が半分空になっているのに視線を移して、ほほ笑んだ。

「ここ、来たことある？」

「年中車で前を通ってるけど、ここで食事をしようなんて考えたこともなかったわ」

「チキン・エンチラーダを食べてみなよ。帰れなくなるから。きっと、ブライトマンのところをやめて、ここでウエイトレスをしようって気になる。毎日こいつを食べられるように」

「そんなに言うなら、きっとおいしいんでしょうね」

「信じていい。俺なんてときどきテイクアウトまでして、次の日の朝食にするんだ」

彼女は笑った。「朝から食べるの？」

「それくらいうまいんだって。ホント、信じていい」

「信じていい？　男の人にそう言われるたびに一ドルずつ貯《た》めてったら、きっとこのお店ごと買えるわね。ううん、ここのチェーン店ぜんぶ」

食事のあいだ中、会話がはずんだ。料理が出されると、確かにすばらしくおいしいと、彼女は同意した。彼女は美人で、魅力的で、しかも、自分に対してこっちと同じ気持ちを抱いてくれているようだった。コーヒーを飲むあいだもおしゃべりは続いた。ようやく支払いとなって、ボブはカードを取り出した。

「今日の食事で、なにがいちばんうれしいか、わかる？」

「さあ、なに？」

「君がドクター・ブライトマンのところで働いてるから、経費で落とせるってこと」

彼女は目玉をぐるりと回してみせた。ボブは精算書にサインをし、ふたりは出口までゆっくりと歩いていった。彼女は立ち止まり、彼がドアを開けるのを待った。店の外に出ると、ふたりは立ち止まって黙り込んだ――またしても、ぎこちない瞬間。

ようやくシンシアが口を開いた。「認めるしかないわね。確かにすばらしい料理だった。まあ、朝から食べようとは思わないけど。でも今まで食べたなかでは最高のメキシコ料理でした」

「だろ？　あのマリアッチさえなければ、俺なんて毎晩でもここで食べるんだけど。あの音楽は、客の回転をよくするためにかけてるとしか思えない」

「ねえボブ」彼女が言った。「私のうち、このすぐ近くなの。ちょっと寄って――一杯飲んでいかない？」

彼は一瞬ためらった。「ああ――うん。それもいいな」

「無理にとは言わないけど」と彼女はダメ押しのひとことを言った。

「とんでもない――ぜひ寄らせてもらうよ」

彼女のアパートは近かったし、夜の空気が心地よかったので、ボブはレストランに車を停めたまま、歩いていくことにした。彼女の部屋の前まで来ると、彼女は鍵穴に鍵を差し込んで、少しだけ回し、彼がドアを開けてエスコートするのを待った。中に入ったとたんに彼女のバッグから聞きなれたブーブーという音がしてきた。彼女は不満そうな顔つきをした。「ごめんなさい。いっつも最悪のタイミングで鳴るのよね」バッグからポケベルを取り出すと、発信先の番号を確認した。「やっぱり。ひと月に二日だけ、夜間の小児科診療をしてるんだけど。まさか、今夜呼び出されるとはね」

「気にしないでくれよ。また今度ってことで」

「ごめんなさい。あなたの車のとこまで乗っけてってあげましょうか?」

「ああ、いや、今夜は気持ちがいいから歩いていくよ。楽しい夕食だった」

「ほんとう、すてきだったわ。ねえ、うちでもっとサンプルを使ってあげられるかもしれないから。今週中に寄ってみてくれる?」

「ああ、予定に入れておくよ」


葬儀から二週間がたち、エミリーとハリーの話をしても、もう涙ぐむことはなくなっていた。ボブはハリーの財産のあと片づけをしにくると言っていたのに、二度もその予定を延期した。だが彼女にはありがたかった。ボブがいつまでも戻ってこなければ、エミリーの心を打ち砕く話だって、いつまでもしないでいられる。

「ママ、おやすみの前のお話読んで」

「エミリー、もう遅いから。明日の朝にしない？」

「ええっー？　どうして朝におやすみの前のお話を読むの？　それじゃあ意味ねえよ」

「意味ない、でしょ？」ローラは言葉を直した。

「そうでしょ？　だから、今読んで」エミリーはいたずらっぽく笑った。ずる賢いのか、無邪気なのか、ラは判然としないまま探るような目でエミリーを見た。

「わかった、でも、ひとつだけね」ドレッサーから「ドクター・スース」の本を取り上げると、ローラは娘の隣にパタンと横たわった。

「やだ、それ」エミリーは文句を言った。「この前読んだもん」

「じゃあ好きなの持ってらっしゃい、急いでね」

「うん」エミリーは目を輝かせてベッドから飛び降りると、ドレッサーのところに走っていった。めいっぱいつま先立ちして手を伸ばすと、棚の上からハリーの本を引きずり降ろした。

「えっ、それ？」ローラはきいた。「そんなのがいいの？」

「うん。だって、おじいちゃんが書いたんだもん」

「ええ、そうだけど。でも意味がわからないでしょ。七歳の子どもには」

「お願い、読んで、読んで、読んで」エミリーは大きな茶色の瞳を瞬《まばた》かせて、母親にねだった。

「わかった、でも、ひとつだけよ」ローラは折れた。本を開いて最初の詩を読み始めた。

エダブラー　ミダブラー　りっぱに　いえる
からくり　くりだす　れいかん　たかまる
パズルも　スットンキー　わかれば　あたる
ドキドキ　はらはら　えいえんの　とき

ローラはひとりでぶつぶつつぶやいた。「だから言ったじゃない、意味がわからないって」

「でもおもしろいよね。『かりくり』ってどういう意味？」

「『からくり』よ。つまり、そうね、なにかのしかけってこと。でもこれは意味のない詩ね。なにかを伝えようなんて思ってないのよ。おじいちゃん、病気だったから。自分でもなにを書いているのかわからなくなっちゃってたのね、きっと。ただおかしな言葉を並べるのが好きだったってこと」

「あたしは好きだな、これ」紙面に並んだ奇妙な言葉を見つめながら、エミリーはきっぱりとそう言った。それからぱっと顔を輝かせて叫んだ。「見て、ママ！　このへんな言葉、あたしの名前になってる」

「なんの話？」

「最初の字よ――おじいちゃん、あたしの名前を書いてる」この無意味な詩をもう一度見て、ローラはそれぞれの言葉の最初の一字を拾ってみた。

「エ―ミ―り―い」彼女はぽかんと口を開けた。「なに、これ！」

「ね、ママ？　どう思う？」

「あなたの名前になってる」

「だからそうだって言ったでしょ」エミリーは言った。

「でも、まさか、ほんとうにこんなことって……」

　エミリーは母親よりも先に詩に隠された自分の名前を見つけたことがうれしくて、笑った。ローラは最初の一字を拾っていった。パ―ス―わ―あ―ド―は―え―と。「パスワードは『えと』……信じられない」彼女はつぶやいた。ローラは夢中でページをめくっていった。ほかの詩は最初の一字を拾っても言葉にならないようだった。いくつかゆっくり読んでみたが、謎解きの方法もわからなければ、意味もわからなかった。

「ねえ、ママも気に入った？」ローラは本に没頭してしまって、返事をしなかった。「ねえ、聞いてる、ママ？」

「えっ？　ああ、聞いてるわよ」ローラはベッドから転がり出てエミリーの上にかがむと、頰《ほお》にキスをした。

「もうおやすみなさい。ママは自分のベッドでもうちょっとおじいちゃんの本を読んでみるわ。じゃあ、おやすみ、大好きよ、エミリー」彼女は急いで部屋から出ると、自分の寝室へ向かった。

　次々とページをめくっては、言葉を拾っていった。無意味な詩もある。真面目《まじめ》そうなのもある。だいたいは風変わりな詩だ。ほかの詩にもなにか隠された意味があるのだろうか？　いつこの本を作ったのだろうか？　最近は、こんな本が作れるほど頭がしっかりしているとは思えなかったが。出てきたパスワードは、たぶんハリーのパソコンのファイルを開くものだろう。あのパソコン、持ってきておけばよかった。今日はもう遅いから、明日の朝いちばんに、ハリーの家に行ってみよう。

真夜中になってもまだ彼女は読んでいた。ハリーにこんな本を作り上げる知能が残っていたのかどうか、知りたくてたまらなかった。彼女は受話器をとると、ボブに電話した。

「もしもし」彼はすぐに電話にでたが、警戒しているような声だった。彼女は一瞬黙って、彼のそばにほかの人の気配がしないかと耳をそばだてた。

「もしもし？」彼は繰り返した。

「ボブ？　ローラよ」

「ローラか、どうした？」

「起こしちゃった？」

「いや、起きてたよ」

「あら、じゃあまたかけ直すわ」彼女はからかった。

「ローラ、もう十二時十五分だ。気は確かなのか？」

「ううん、そうでもないみたい。お父さんの詩の本、そっちにもあるでしょ？」

「なんだって？」

「お父さんの詩の本、あるでしょ？　早く取ってきて」

「おい、ほんとうに大丈夫なのか？」

「ねえ、セラピストみたいな言い方やめてくれない？　とにかく詩の本を取ってきて！」

「わかった、わかったからそう急《せ》かさないでくれ。今取ってくる」

受話器の向こうでボブが本をガサゴソ探し回る音が聞こえた。

「お待たせ。取ってきた」

「最初の詩を開いて、読んでみて。で、気がついたことを言ってちょうだい」

「なにをどうしろって？」

「お願いよ、ボブ。とにかく読んで」

「よし、待ってろ」しばらく沈黙が続いたあと、彼は言った。「読んだよ。それで？」

「なにかおもしろいことに気づかない？」

「べつに。子どものころハリーによくスットンキーって呼ばれてたけど、でも、それだけだな。どうして？」

「ハリーなんて呼ばないでよ、あなたのお父さんなんだから」

「なあ、なんなんだよ、いったい？」

「ねえ、『からくり』ってなんのことかわかる？」

「ほんとうにわからないんだってば。頼むよ」

「あら、そんな言葉も知らないの？　『たね』や『しかけ』のことよ。まあいいわ。じゃあね、それそれの言葉の最初の一文字を拾ってみて――一行目から、どうぞ」

彼女は彼の反応がわかっていたから、ほほ笑んだ。

「おい！　ローラ、これ、メッセージじゃないか。『エ、ミ、り、い』って書いてある」また数秒間沈黙が流れた。「でも、なんのパスワードだろう？」

「さあ。わからないけど。たぶん、お父さんのパソコンのファイルじゃないかしら」

「ってことは、まだハリーのところには行ってないんだな？」彼はきいた。

「ええ。朝になったら行ってみるわ」

「じゃあ、なにかわかったら電話してくれよ。な？　ローラ？」

彼女は返事もしないで電話を切った。

Chapter Eleven

第11章

ローラとエミリーは早起きをして、学校へ行く前にハリーの家へ寄ることにした。家は相変わらずガランとしていたが、どういうわけか今朝はそれほど淋しい感じはしなかった。ふたりは電気をつけると急いでパソコンのあるところまで行って、スイッチを入れた。古いパソコンなので起動するまでに何分もブーンとうなり声を上げていた。ローラがいらいらしながら待っていると、やっと「ウィンドウズ」が画面に現れた。

「なに探してるの、ママ?」エミリーがきいた。

「それが、よくわからないんだけど、とにかく、やってみましょう」

彼女はハードドライヴのファイルを検索した。やっぱりあった。『エミリーへの手紙』と名づけられたフォルダが。それを開いて内容を見てみた。1から26までの連続した番号が画面にリストアップされた。ハリーの本の目次と一致しているようだ——本に収められている詩やなぞなぞや物語にも1から26までの番号がつけられている。ローラは1をクリックして、開くのを待った。すると、パスワードを入力するための小さな空欄が画面に現れた。

「あの頭のいかれたじいさんは、それほどいかれてはいなかったってことね」彼女はつぶやいた。慎重に、「え」と「と」という文字を打って、エンターキーを押した――「パスワードがちがいます。もう一度入力しなおしてください」どうしよう、彼女はもう一度本を開いて並んだ言葉を眺めてみた。

「エ―ミ―り―い―パ―ス―わ―あ―ド―は……」

「そうか、なるほど……」今度は詩に書いてあるとおりに、「えいえんのとき」と打って、エンターを押した。ハードドライヴがふたたびブーンとうなって、目の前でファイルが開き、中身が現れた。

「やった!」彼女は叫んで、エミリーを素早くぎゅっと抱きしめた。

「なに、これ?」

「おじいちゃん、あなたに手紙を書いててくれたみたいね。読んであげるから聞いてて」

ディア・エミリー
　最初の詩の秘密を見つけたね。君なら見つけられると思っていました。やっぱり賢いな、エミリーは。もうわかったとは思うけど、あの本に書いてある詩や物語にはどれも秘密があります。ようく見れば、パスワードが見つかって、また私の手紙にたどり着けるようになっています。
　なぜこんな回りくどいことをしたのか? 理由はふたつあります。まず第一に、人生における答えはいつも目に見えているわけじゃないということを君に教えたかったから。答えを見つけるためにはにかの下をのぞき込まなければならないことが、きっとこの先何度もあるでしょう。

第二の理由は、もっと現実的で、私の健康に関係することです。この病気がどんどん悪くなっていったら、もしかしたら自分で自分が書いたものをうっかり消したり、書き換えたりしてしまうかもしれない。そうなったら、パスワードが私を私自身から守ってくれるだろうから。

君はまだ小さい。私のような老人に教わることなどあるものかと思うかもしれません。私だって、そう思います。すべての答えを知っているわけじゃない。今になって、やっと、いろいろな問題に答えを出そうと努力しているくらいだから。ただ、君には私よりいい人生を歩いてもらいたい。私の犯した過ちからなにかを学んでもらいたい。私の楽しかったときからも、あまり楽しくなかったときからも、なにかを学んでもらいたいのです。人生という名の旅は、ひとつのテストみたいなもので、私が直面してきたたくさんの問題に君もこれから直面するでしょう。不思議なことに、人生は繰り返すものです。だから、私の経験が君の役に立てばいいと願っています。

そしてできれば、私の手紙を読むことで、君が私の気持ちを思いだしてくれればいいな、とそう思ってます。もし一回でも君の役に立つことがあれば、私の祈りは通じたことになる。今はまだ、私の話などなんの意味もないだろうけれど、君が成長するにつれて、おそらく、価値のあるものになるでしょう。私の手紙と私の気持ちを思いだしてください。どうか、君を怒らせたり悲しませたりしたときの私は忘れてください。人はだれでもそう願うことくらいは許されるでしょう。

私の詩の本とこの手紙は君へのプレゼントです。喜んでもらえればいいけど。これを読んで、どうかおじいちゃんのことを思いだしてください。私はいつも君のことを思っています。

った、もう八時？」


「まったくたいしたもうろくじぃ……」エミリーを見て、ローラは結びの言葉を変えた。「じゃなかった、もう八時？」

「あたしに手紙書いてくれたんだ！」エミリーは感激して体を震わせた。

「そうね。おじいちゃんはあなたがどんなにお利口ですてきな子かを教えたかったのね」

「もっとあるの？」

「ええ。でも、まず謎を解かなくちゃならないの。ちょっとこれ見て」

ローラはカウチに座ってエミリーに説明した。まずはエミリーが見つけた言葉がどういう形でパスワードになっていたのか。それから、どの詩にもパスワードが隠されていること。それを見つけたらまたおじいちゃんの手紙を読むことができること。

「あたしの手紙、パパにも見せてあげる？」

「そうね」ローラは印刷のアイコンをクリックした。印刷がすむと、「ウィンドウズ」を閉じて、パソコンの電源を切った。中のファイルをコピーすることもできたが、ハードそのものにまだなにか隠されているかもしれないので、パソコンごと家に持ち帰るほうがいいように思われた。

ローラはデスクの裏へ行って、ディスプレイとプリンタのコンセントを抜いた。そのとき、彼女の足元でなにかがパリンと割れた。あわてて飛びのくと、カーペットの上に小さな処方薬用のプラスチック瓶が砕けていた。割れた容器を持ち上げて、ラベルを見ると、医者の名前も住所もこの前訪ねたハイランドドライブの病院のものではなかった。それでも最近処方されたものだった。おかしい。エミリーの学校がもう始まっている時間だったので、ローラは急いで砕けたプラスチック片からラベルだけはがしてバッグの中に入れた。三往復してやっとパソコンを無事に車に積み終えると、エミリーを外に出してドアに鍵をかけた。

エミリーを学校に送って、客との待ち合わせ場所に駆けつけた。家に戻ったのは昼過ぎだった。留守電にはメッセージが八件入っていたが、うち七件はボブからだった。こちらからかけなくても、またかかってくるだろうと考えて、ローラはハリーの本を調べることにした。やはり、すぐ鳴った。

「もしもし」彼女はゆっくりした口調で電話にでた。

「なにかわかったか？」

「まず『もしもし』でしょ？　ボブ」

「もしもし、なにかわかったか？」

「ええ、わかったわ」彼女は言葉を切って、彼の反応を待った。

「なに？　頼むよ、教えてくれよ」

これは真夜中に電話をするよりいいかもしれない、とローラは思った。「思ったとおりだった。パソコンにはそれぞれの詩に対応するファイルが入ってたわ。エミリーが見つけたパスワードで最初のが開いたの」

ボブが口をはさんだ。「エミリーが見つけたのか、あれ？」

「賢い娘さんをおもちで」

「まったくだ。で、ファイルにはなにが書いてあったんだ？」

「ファックス、オンになってる？　すぐ送ってあげる。あ、それと、もうひとつあるの」

「なに？」

「お父さんのところで、薬の空瓶を見つけたんだけど、いつも行ってた病院のじゃないのよ」

「だから？」

「へんだと思わない？」

「べつに。昔の薬じゃないのか？」

「ちがうわ」

「ローラ、死者に死ぬほど鞭打《むちう》って、どうするんだ？　――ごめん、洒落《しゃれ》にしちゃ下手《へた》すぎる」

「答えが知りたくないの？」

「答えって、なんのだよ？　病気で死んだんじゃなかったのか？」

「それはそうだけど、でも、それだけじゃないって気がするの。まずは手紙を送るから、読んで」

「俺がなにを言ったところで、ハリーの病気の詮索をやめる気はない、か？」

答えは簡単だった。「探し物が見つかるまではね」

「ジミー・ホファ〔米国の労働運動指導者。陪審員買収と公金横領で有罪。一九七一年に出所後に失踪〕が見つかったら、知らせてくれよな」彼女は彼のジョークを無視した。「手紙は今すぐファックスしてくれるんだろ？」

「あなたがこの電話を切ったら」

彼女はじらしてやろうかとも思った。でもそれはやめて、寝室にあるファックスにハリーの手紙を挿入すると、彼の番号を押した。それがすむと、バッグをあさって例の処方薬の瓶からはがしたラベルを取り出した。やっぱり最近のものだ。耳を貸そうともしないなんて、腹が立つ。彼女はメモ用紙に処方された日付と薬の名前を書くと、日付に大々的に丸をつけた。そして、その下にひとこと「これ！」と書いた。彼女はそのメモもファックスで送った。

ファックスし終えると、彼女は受話器を取り上げて、ラベルに印刷されている薬局に電話してみた。薬剤師は親切で、すぐに記録を調べてくれた。最初にこの薬が処方されたのは、六年前だった。そして、一年半前に最後の処方がされていて、それ以降は同じ処方箋《しょほうせん》で五回再調剤されていた。五回というのは再調剤が許されるぎりぎりの回数だった。最後の薬は七か月前に郵送されていた。もっとなにかききたいことがあるのなら、連絡先を教えるから医師に直接電話したほうがいいと言われた。

呼びだし音は一回しか鳴らなかった。

「ライリー・メディカルです。どうされましたか？」

礼儀正しい応対に、ローラはほっとした。「すみませんが、ジャンセン先生いらっしゃいますか？」

「もうすぐ診察が終わりますので。こちらからかけ直すように伝えましょうか？」

「はい、お願いします。先生に診察してもらっていた義理の父のハリー・ホイットニーのことで、ちょっとおききしたいことがありまして」

「ハリーって、おっしゃいました？」

「ええ」

「では、男性の方ですよね？」

「もちろん、男性です。義理の父って申しましたように」

「あの、ジャンセン先生は婦人科なんですけど。たぶん、お父様のロドニー・ジャンセン先生のほうじゃないかしら？」

「そうかもしれません。薬のラベルには苗字《みようじ》だけで、あとはイニシャルしか書いてありませんけど。ロドニー先生もそちらにいらっしゃるんでしょうか？　ちょっとお話を伺いたいんですけど」返事はなかった。「もしもし？　ロドニー先生とお話しさせていただけませんか？」

「あの、それが、ロドニー・ジャンセン先生は一年ほど前に亡くなりました」

「えっ？」彼女ははっと息をのんだ。「すみません、知らなかったものですから」彼女は電話を切ろうとしたが、あることを思いついた。「では、息子さんのほうとお話しさせていただけませんか？　お手すきになってから？」

「かしこまりました。では、ちょっとお待ちください」

彼女は医師が電話口にでるのを待つあいだ、手にした小さなラベルの日付をもう一度見つめた。

Chapter Twelve
第12章

次の日ローラは朝早く目が覚めた。どの詩もひと筋縄ではいきそうにないが、中にひとつどうしても引っかかる詩があった。キッチンのテーブルに座ってエミリーが起きるのを待つあいだ、彼女はハリーの本を開いてまた読んでみた。

キャシーへ

ほんとうに、愛は燃え上がるもの、朝日のように
まことの触れ合い、途端に闇が輝く白に
不思議なこいは、温かいもの、君からぼくへ
まるで囲もうはひととひと、そこから先へ
さあはじめよう目と目を合わせて魂に触れて
目には見えない坂をのぼれ、君の力を得て。

ハリーより

ローラはこの詩を何度も読み返した。気まぐれな詩だが、きっと鍵は隠されている——でも、どこに？　ローラはまずは素早く、次にはゆっくりと一語一語慎重に発音しながら読んだ——。「まるで囲もうは」——この言い方はへんだ。どうして、ただ「まるで囲もう」じゃないのかしら？　なにか引っかかるのだが、それがなんなのかはわからなかった。これは愛の詩だが、ほかになにが……まるで囲もうは……ひととひと……君からぼくへ……。

ぼんやりと答えが見えてきた。わかってみると、こんなに時間がかかったなんてばかみたいだった。鉛筆を取り上げて、詩に書かれたひととひと——キャシーとハリー——に丸をつけた。ローラはまるで彼が隣に座っているみたいに話しかけた。「わかったわよ、ハリー。見てて。丸で囲んだでしょ。今はふたりは別々だけど、さあ、いくわよ、『君からぼくへ』」彼女は話しながら円で囲んだふたりの名前を結んだ。うまいことを考えたものだと思わず笑みがこぼれた。なんて単純な——でも、なんてすてき。彼女は引いた直線の上に浮かび上がった文字を口にだして言ってみた——「ほん—との—こい—はひ—と目—ぼれ」。長いけれど、まちがいなくこれがパスワードだろう。ローラはパソコンのところへ行って、ファイルをクリックした。パスワードを入力しながらも心が逸《はや》った。ハリーはただの気の触れた老人ではなかった。あの無愛想な表向きの態度の下には本物の人間がいた——家族を気《き》遣《づか》う人間がいた。ボブにもわかってもらいたかった。

画面に文字が現れ、彼女は読み始めた。

ディア・エミリー

愛は奇妙ですばらしいものです。思いも寄らないことを人にさせてしまう。突発的で、気まぐれで、ひどく惨めで、無上の喜びで、それらぜんぶをひとつにしたものです。

一生のうちには、エミリー、君も痛みや苦しみを味わうことになるだろうね。でもその苦痛を帳消しにしてしまうほどの喜びが愛にはあるのです。愛についてだれかに質問してごらん。たいていの人がこう言うはずです――。分かち合って、愛情を注ぎ合って、見返りを求めず、お互いに犠牲となれる人生を送って初めて、満開の愛を味わえるのだ、と。そのとおりです。ただ、その花が咲き始めるのは、ふたりの目と目が合った瞬間なのだということも知っておいてください。私がそうだったのですから。

エミリー、今日は君のおばあさんのキャサリンと私の出会いの物語をしましょう。もしキャサリンがここにいて、自分の立場を弁護するとしたら、これから私のする話はぜんぶくだらないほら話だと言うでしょう。でも、神様が証人だ。これはほんとうにあったことです。

彼女がやってきたあの火曜日の午後、私は大学野球の代表チームの一員として、投球練習をしていた。マウンドの上でボールを投げていたら、彼女がスタンドへ入ってきて、階段をゆっくり降り、我がチームのベンチのほうへとぶらぶらやってくるのが見えた。その顔は見る者の目を釘付けにし、その肌は美しくなめらかで、その笑顔は魅惑的だった。太陽の光が彼女の栗色の髪に照り返しキラキラ光って、まるで私の練習を見るために天から遣《つか》わされた天使のようだった。だれよりも澄んだあの茶色の瞳。一目見てぴんときた。我々ふたりは結ばれる運命にあると。ただひとつだけ問題があった——そのとき彼女は私の親友のバッド・ノーブルと手をつないでいたのだ。

バッドはその学期、USC〔University of Southern California 南カリフォルニア大学〕のルームメイトだった。彼からテキサスのワートン出身の女の子とつき合い始めたという話は聞かされていたのだが、まだ直接紹介されてはいなかった。時間割変更のことで大学の事務所に立ち寄って、たまたま彼女に出会ったと言っていたが、彼のほうが先に出会ったなんて、なんという運命の巡り合わせだ。彼女は事務員として雇われたばかりで、バッドは彼女の最初の「客」となったわけだ。彼女の鼻にかかったようなテキサスなまりにすっかり参ってしまった彼は、機を逃さず、その場で数日後に迫っていた春のダンスパーティーに彼女を誘った。

彼女は大学に来たばかりで右も左もわからなかったから、この誘いを受けた。かくして、運命のいたずらによって、私は汗と泥にまみれてひとりマウンドの中央に立ち、バッドは私が生まれてこのかた見たこともないほどすばらしい女性と手をつないでスタンドに座っていたのだった。

親友同士のあいだに女性がひとり入り込むのは危険だ。そのせいで友情が壊れた例をいくつも見てきていたから、自分たちがそんなことになるのだけはなんとか防ごうと思った。そこで私は、そのときその場で——USCのグランドの湿った芝生の真ん中で——まだ彼女とはひとことの言葉も交わしたことがないというのに、計画を練り始めた。

寮では水曜日の晩は「勉強」時間とされていた。男子学生にとって、それはポーカーの時間ということだった。ゲームはいつも同じやり方だった。セブンカード・スタッド、ジョーカーなし、かけ金の上限は十ドルまで、増額は最大二ドルまで。我々四人は敬虔《けいけん》なるプレーヤーだった。ところがバッドは次の晩にキャサリンを映画に誘うから、その日はゲームをしないと言いだした。英語の授業のあと、私は彼を捕まえて、そんなのは仲間に対する裏切りだと迫った――。君には参加して世のポーカー愛好男性社会の一端を担う義務と責任がある。いや、使命と言ってもいい。神聖なる伝統を守るんだ！　結局、彼は選択の余地を失った。

ゲームは午後九時に始まった。私はすっかり緊張してしまって、ゲーム開始後一時間たったころには持ち金の半分を失っていた。チャンスはこの一回きりだと自分に言い聞かせて目を閉じて、思い描いた――。あのえくぼ、笑顔、人をとりこにしてしまうあの目、そして、最強の男の足でも生まれての赤ん坊のようによろつかせてしまいそうなあのテキサスなまり。私は必勝を心に誓い、ツキを呼び戻した。

ルールは絶対だった。勝負は十二時まで。たとえ、途中で賭ける金が無くなってしまっても、降りることはできない。十二時前に一セントもなくなった場合には、「奉仕」を賭けることになっていた。一週間ベッドメイキングをするとか、車を洗うとか。十一時四十五分、私は絶好調で、バッドのほうはすっからかんになっていた。今がチャンスだと思った。親は私だった。三枚目を配ったところから少しずつベットされていった。ついにそれぞれの最後の一枚を配り終えた。私の手は、二枚のジャックと6と4が表になっていて、残りの三枚は伏せてあった。私の最終ベットの番が回ってきた。

「なあ」私は屈託ないように言った。「みんなの金をぜんぶ巻き上げちゃったままじゃ、なんか悪くてさあ。だって、デートや食事やほかにも必要なもんを買うのにいるだろ？　だから、善意で言うんだけど、これ、ぜんぶ返そうと思うんだ——。まあ、お前らにその気があるならの話だけど」みんなは愕然《がくぜん》として私を見た。「ついてるって気がするんだ——なんだか妙についてるって——だから、ここにある俺の金ぜんぶ賭ける。この一手に今夜の賞金をぜんぶ賭ける」

私は自分の前に積まれた金をテーブルの中央へと押しやった。

「なんなんだよ、ハリー」ジェイソン・ハンソンがきいた。

「だからさあ、ついてるから。これ、ぜんぶ賭けるんだって」

「かけ金には上限があるんだ。だめだ、そんなの」

「お前たちにも同じ額だけ賭けろとは言ってない。ルールどおり、上限は十ドルだ——。それならルール違反にならないだろ？」

みんな押し黙って顔を見合わせた。

「ちょっと待ってくれ。つまり、お前はここにある三百だか四百だかの金をぜんぶ賭けるけど、俺たちはルールどおり、上限まででいいってことか？」

「びっくりしたか？　でも、そういうことだ。いいか、これは善意で言ってるんだからな」私は答えた。

ジェイソンがまず飛びついた。「俺は乗った。ほら、俺の分の十ドルだ」彼は自分の最後のカードを見ると、テーブルの真ん中に金を落とした。自信ありげだ。5と3のツーペアを表にしていた。手の内のハイカードはジャックだった。次に乗ってきたのは、ハーヴェイ・ランガーだった。彼は小銭をかき集めてなんとか十ドルにすると、かけ金の山の上に置いた。彼も自信がありそうだった。が、はったりっぽい。彼は4のペアと2と7を表にしていた。次はバッドだ。彼はいちばんいい手を見せていた。だが、彼にはもう一セントも残っていなかった。テーブルを囲んだ仲間を疑わしげな目で眺め回してから、ぼくに目をとめた。

「俺はもうすっからかんだ。どうする？　ベッドメイキングはもう賭けちゃったし、ええっと、いつまでだっけ？　十月か？」

ジェイソンが口をはさんだ。「これだけの大金を賭けようってのはハリーなんだから。それに見合う代償は、ハリーが決めればいいじゃないか。なあ、ハリー？」

みんなの目が私に向けられた。なんとか邪心のないように振る舞った。「うーん、どうしようかなあ。まあ確かに、すっげえ大金だもんな。三百六十はある。ベッドメイクやトイレ掃除ってわけにはいかないよな、第一それはもう使っちゃったし。いやあ、それにしても、すっげえ額だ。これぜんぶ一度の勝負でものにするチャンスをお前にやるんだから、それなりじゃなくちゃいけないよな」

「芝居じみた前置きはもういいから。さ、なにがいい？」

「そうだ。お前がつき合ってるあの子、なんて言ったっけ？　カイリーだったか、カトリーナだったか?」

「キャサリンだ。彼女がなんなんだよ?」

「そうだ、キャサリンだ。うん、思いだした。俺さ、金曜日のダンスパーティーのことなにも決まってなくてさ。パートナーが欲しいんだ。ただいっしょにいてくれるだけでいい。深い意味はないんだ。あの子となら話しててもおもしろそうだしな。オクラホマの出身とか言ってたし」

「テキサスだよ。おい、ハリー! じゃあ、金曜の夜のキャサリンとのデートを賭けろって言うのか? お前、頭おかしいんじゃねえか?」

「そうかなあ? お前が勝てばいいじゃないか。そしたら金曜の夜はステーキにロブスターのデートができるってもんだ、そのケリーと」

「キャサリンだよ」

「それにリムジンを借りてもまだ金はあまる。考えてもみろよ、バッド。どうせここで降りても一文無しだ。小銭をかき集めたところで、せいぜいハンバーガーにフライドポテト止まりだろ。オール・オア・ナッシングだ。さあ、どうする? 乗るか? 降りるか?」

私はべつにどうってことないじゃないかと言う口ぶりで言ったが、内心、死に物狂いだった。

「どうしろっていうんだ——デートを賭ける?」

私は手を伸ばしてテーブルに散らばっていた一ドル札と五ドル札と十ドル札を寄せ集めて山にした。

「ほら、バッド、コールしろよ。サーロインステーキか、ギトギトのハンバーガーか。決めろ」

彼は最後のカードを取って、手を調べた。すでに9のスリーカードをさらしている。ほかに大きいカードはキングが一枚と10が一枚。もし最後に配られた一枚が9だったら私の負けになる。彼はほほ笑んだ。

「よし、乗った」

待ち焦がれていた言葉だった。

「よーし、かけ金はこれまで。テーブルの上のでぜんぶだ。これに勝ったやつのひとり勝ちで、あとは全員負け。そういうゲームだ。いいか、男の勝負だ。勝つか、負けるか、一番勝負。そうだ、せっかくだから、ドラマチックにやろうぜ。みんな同時にカードを開けよう」四人ともカードをめくる用意を整えて、しんと静まりかえった。

エミリー、人生には決定的瞬間というものが何度か訪れます。人生を永遠に変える瞬間が。人によって、それは最初の子どもが生まれたときだったり、ファーストキスの夜だったり、会社で昇進が決まったときだったり、いろいろです。笑われちゃうかもしれないけど、私にとっての決定的瞬間は、あの水曜日の晩、USCの寮の娯楽室でキャサリンを勝ち取ったときのことでした。あのときのことは今でも鮮明に頭に焼きついているから、きっと死ぬまで忘れないだろうな。私は勝ったのです。

ひとしきり大騒ぎしたあとで、バッドと私はちょっとした問題にぶつかった。私は正々堂々とキャサリンを勝ち取ったのだが、まさか、ふたりそろって彼女のところへ行って、そういうことになりましたと伝えるわけにはいかない。女というのはそういうことには気を悪くするものだからね。そこで、一計を案じることにした。

バッドは及び腰だったが、彼にノーという権利はなかった。私たちの策とは――まず、私が運転手として同行する（いいアイデアでしょ?）――これには彼女もきっと喜ぶ。ところが不幸なことに、哀れバッドはパーティーの途中でひどく気分が悪くなって家に帰らなければならなくなる。せっかくの夜を台無しにしてはキャサリンがかわいそうだから、ぜひ、彼女とダンスをして、そのあとは予約してあるディナーに連れていってやってくれと、バッドは息も絶え絶えに私に懇願する――絶妙のアイデアだ。

この計画をさらに本格的にするために、私たちは運転手を雇うのにふさわしい車を借りることにした。でもこれは、口で言うほど簡単ではなかった。ふつう、リムジンは時間単位で運転手つきで借りる。ところが、運転手がいらないとなると、二十四時間まるまる借りなくてはならないという。これじゃあ、ひと財産使い果たすことになるけど、キャサリンのためなら安いものだ。昼間のうちに車を借りて、夕方までバッドとふたりで町をぐるぐるドライブして過ごした（払った金額分は乗らなければ、損しちゃうからね）。五時にタキシードを受け取り、シャワーを浴びに一旦寮に戻った。バッドのタキシードは丈の長いフォーマル用、私のは運転手役にぴったりのふつうの黒いジャケットだった。

七時にキャサリンのアパートまで迎えにいった。バッドは花束を手に玄関まで歩いていった。彼女ははっとするくらい美しかった。ふたりが車に近づいてきたので、私は車から飛び降りて、ドアをさっと開けた。

「どうぞ、奥様」

「キャサリン、ハリーだよ、ルームメイトの。ほら、このあいだ野球の練習のあとで紹介しただろ？」

「ええ、覚えてるわ。こんばんは、ハリー」私は車に乗り込む彼女にていねいにお辞儀をしたのだが、バッドは私をにらみつけていた。

「ハリー、あなたに運転手をさせておいて、私たちばかりいい思いをしていいのかしら？」彼女は尋ねた。言い訳は用意できていた。彼女の前で嘘をつくわけにはいかない。

「この前ちょっと過激なポーカーをしてね、とだけ言っておきましょう」

バッドは咳をした――というより、むせた。

彼女の声は優しかった。「ポーカーでそういうことを賭けるの？　もう、男の人って！」彼女はあきれたわというような声をだした。そう、そういうことをね、と、私は密かに思った。

私もダンス会場に入って、奥のほうをうろついているうちにバンドの演奏が始まった。じつは私は「善意から」バッドにも一曲だけ彼女と踊らせてやることにしてあった。オープニングの一曲がアップテンポだったので、私は思わずほほ笑んだ。バッドは緊張の面持ちだった。一曲目が終わったので、私はトイレに行ってバッドを待った。次の曲が始まった。なんということだ、バッドは私のキャサリンと踊り続けている。彼がびくびくした視線を約束の場所へと向けて、私と目が合ったので、私は素早く手を水平にして首をちょん切るジェスチャーをやってみせた。こっちは正々堂々と勝ったのだから、彼は言い逃れなどできないはずだ。

二曲目が終わった。バッドは彼女のもとを離れると、トイレまでやってきた。私も彼のあとについて中に入った。

「どういうつもりだ、え？　神聖なるポーカーをなんだと思ってんだ！」

「ハリー、やっぱり無理だ。俺にはできない、なんとかしてくれ。悪いけど」彼はすっかり気が弱くなっていたようだが、こっちはそうはいかなかった。

「なに言ってんだよ、バッド。俺は本気だからな。お前は気分が悪くなるんだ」こんなことになるんじゃないかと思っていたから、準備はしてあった。「そうだよな、ジェイソン？」と言うと、ジェイソン・ハンソンが個室から出てきた。

「ハリーの言うとおりだ。俺はあの場にいて、この目で見てたんだ。支払いはきっちりいこうじゃないか、バッド」

ジェイソンは手を伸ばすとバッドの片腕を押さえ、私はもう一方の腕を押さえた。ふたりでバッドをいちばん近くの個室に運び込むと、無理やり前かがみにさせた。ジェイソンがバッドの顔を便器に突っ込み、私が水を流した。

「わかった、わかった。やるよ。そう押すなって」

今度は洗面台へ連れていき、私がバッドのタイをくしゃくしゃにし、ジェイソンはプレスのかかったタキシードの前面に水をかけた。

「かんべんしてくれよ」彼は抗議した。「高いんだから、このタキシード」

「これでよし。さあ、彼女のところへ行って、気分が悪くなったと言ってこい」

そう言いながらふたりで彼をドアの外へ押し出した。バッドはすぐに戻ってきた。

「戻ってきてくれて、うれしいよ。また吐きにきたんだろう?」

計画どおりにうまく運んでいる、と思った。ところが、やっかいなことになってしまった。さっきバッドの頭を便器に突っ込んでいたとき、隣の個室に人がいたのに気づかなかった。そいつはそうっとトイレから出ると、我々の計画をこっそりキャサリンに告げ口していたのだ(その後何年もたってからわかったことだけど、このときの告げ口野郎は、野球チームで私にピッチャーの座を奪い取られた、ベソかきアーノルド・スウェンソンというやつです)。

みんなでバッドがキャサリンに悲しい知らせを告げに行くための準備をしていたら、ドアがバッと開いた。シンクからいっせいに顔をあげたらキャサリンが男性用トイレに入ってきていた。

「ハリー?」我々はいちばん奥の隅っこに立っていたのだが、彼女が入ってくると、小便器の前に立っていた男がふたり、あわててズボンのチャックを上げて出ていった。彼女はバッドとジェイソンと私が立っているところに向かってまっすぐ近づいてきた。ショックで動けなかった。まず、ジェイソンが口を開いた。

「だめだよ、入ってきちゃ。ここは男性用なんだから」

彼女はそんなことで私を止められるものですかとでも言うような目つきで彼をにらんだ。

彼女は挑戦的にこう言った。「私にはね、男兄弟が六人もいるのよ——だからこんなもんは見慣れてるの。どうぞご心配なく」

それからバッドのほうを向いた。「ずいぶんよくなったみたいじゃない」彼はなんと答えたらいいかわからずに口ごもった。

「うん、まあ、ずいぶんね」

「それはよかったわ」彼女の口調には皮肉がこめられていた。「それで、ポーカーで私を取られたのって、どういうことかしら?」

きっと怒り狂うのだろうと思っていた。ところが、彼女は不気味に落ち着いていた。罪の意識からか、キャサリンの誘導するようなテキサスなまりのせいかはわからないが、バッドは自分から白状してしまった。

「ごめん、ハリーが言いだしたことなんだ。三百六十ドルも金が積まれててさ。俺はもうおケラだったから、そしたらハリーが——」裏切り者め、と私はつぶやいた。彼女は正面切って私を見すえた。

「ハリー? それって、この地方の伝統なの? 自分の彼女を賭けるってのが?」彼女は相変わらず、穏やかだがきっぱりとした言い方だった。心の底では得意な気分になっていたのかもしれない。

「いや、ちがう。こんな話は聞いたことがない」愚《おろ》かにも私はさらにつけ加えた。「けど、正々堂々と勝ったんだ」

「そう。どんな手で？」

「えっ？」私はきき返した。

「耳になにか詰まってんじゃないの？　どんな手で、私を勝ち取ったのかってきいたの――カードの手？」

「ああ、それなら――ジャックと6の――」

「え？　ジャックと6？　それで私を手に入れたの？」彼女は驚いているようだった。

「うん、まあ」

彼女は一瞬間を置いて、じっくり考えてから言った。「私、思うんだけど。ポーカーでお祭りの景品のブタみたいに女性を賭けるんだったら、せめて、その女性にも自分を守るチャンスくらい与えられるべきじゃないかしら？」

「どういうことだよ？」ジェイソンがきいた。彼女はそれを無視してバッドに向き直った。

「ねえ、カードある？」

「ああ」彼は答えた。「ロッカールームにひと組ある」

彼女は私の目をじっと見つめて、挑戦してきた。いや、挑戦というより――命令だった。「さあ、ハリー、ひと勝負しましょう」

バッドがトランプを取りにいっているあいだに、私は子羊みたいに彼女のあとについて、食べ物類の並んだカウンターの向こうの空いているテーブルまで歩いていった。彼女は自信満々と見受けられた。歩きながら、ちょっと会話を試みてみた。「君もポーカーをするのか？　女の人で、珍しいよな」「言ったでしょ？　男兄弟六人の中で育ったって。女は私ひとりだけ。ポーカーだけじゃなくて、もっといろんなことができるわよ」なんだか「連行」されているみたいで、気分が悪かった。「で、どういうゲームなの？　あなたたちのは？」

「いつもやってるのはセブンカード・スタッド。ジョーカーはなし。かけ金は上限十ドルまで、でも、今日はあんまり持ち合わせがなくて」

確かではないが、私がそう言ったとき、彼女はほほ笑んだような気がした。

「いいのよ、心配しないで、ハリー。お金を賭けるわけじゃないんだから」

ドレスの上着の裾を片側に引き寄せ、スカートの裾を少したくしあげると、彼女は私の向かいの席にゆったりと座った。それから両手にはめたサテンの手袋を脱ぎ、テーブル越しに私の隣の空席にポンと放った。挑戦だ。

私も自信のあるふりをしようとした。彼女の視線は突き刺すようだった。バッドが戻ってきてトランプを私に手渡そうとしたが、キャサリンが手を伸ばしてさっと取り、シャッフルし始めた。美しい光景だった。ドレスは片側に流れ、髪は薄明かりに照り輝き、バンドがBGMを奏で、そしてキャサリンはまるでキッチンでパンを捏《こ》ねるかのような手つきでトランプをシャッフルしている。

ほんの数秒で彼女はシャッフルを終え、札を切った。「じゃあ、始めましょう」彼女は告げた。「そうね、お金を賭けているわけじゃないから、ファイブカードのドローポーカー、ワイルドなし、交換は三枚まで、どう?」

「ああ、結構だ」私が同意すると、すぐにカードが配られた。

彼女は私の目を見て言った。「さあ、勝負よ、ハリー」親はどう見ても彼女だった。「あなたさっき、私のことを正々堂々と勝ち取ったって言ったわね。でもちがうわ。私がその場にいなかったんだから。私を送る権利をかけて、プレイしたいのなら、どうぞ、そうして。勝ったら今度こそ私を連れて帰ってちょうだい」

「じゃあもし、負けたら?」

「あなたが負けたら」彼女は部屋を見回した。「そのときは、あそこのパンチボールまで行って、ボールの底にキスをするの」彼女は一拍おいてつけ足した。「内側からね」

「つまり、あのパンチボールに顔を突っ込めってことか?」

「なんて、ものわかりがいいんでしょ」

私にはノーと言う権利はなかった。世にも稀《まれ》な、カードをするこのご婦人を家まで送るチャンスがわずかでもあるのなら、地球の裏側まででも行っただろう。

「よし、やろう」私は答えて、カードを手に取った。いい手だ。8と4のツーペアにハイカードのジャック。まずは冷静を装った。彼女は私の目を見つめた。ジャックを出して、フルハウスを狙った。

そうなれば勝利は絶対だ。

「一枚」と言って、彼女のほっそりした指のほうへカードを一枚差し出した。

「私は二枚」彼女はひとりごとのように言うと、ふたりにそれぞれのカードを配った。

ドキドキしながらカードをのぞいた。だめだった。よし、ツーペアで勝負だ。

「ハリー、アンティを上げる？　それともコール？」いい手だったけれども、彼女も自信たっぷりだった。

「君をがっかりさせてしまいそうで申し訳ないけど」

「そうかしら？」彼女も受けてたった。「手を見せて？」

私がカードを見せると、見物に集まっていた小さな群集からざわめきが起こった。彼女はカードを一旦伏せて置いてから、表に返した。クィーンのペアと9のペア、おまけにハイカードのキング。完敗だ。「悪いわね、ハリー。でも、パンチ、好きでしょ？」

私が立ち上がって、罰ゲームを受けにいこうとすると、彼女は言った。「なんなら、もうひとゲームしてもいいわよ。もっと大きなものを賭けて」

「どういう意味だ？」

「もう一回やりましょうよ。それであなたが勝てばやっぱり私をうちまで送って帰る。でも、もし私が勝ったら……」彼女はバッドへ目を向けた——そのときのバッドはすでにショーを楽しむ側に回っているようだった。

「バッド、あの生物ラボではまだニワトリを飼ってる？」

「ああ、今日も授業のときに見たから」

「そう、じゃあハリー、あなたが負けたら、生物ラボのニワトリを一羽持ってきて、ダンスフロアの真ん中に出て、みんなの前で一分間くちばしにキスをする」

「えっ？　ニワトリとキスしろって言うのか？」

「そう。そういうこと。これは男のゲームよ。あなた、男でしょ？」どこかで聞いたようなセリフだ。おかしなことに、最初はカップルで見ていた見物人たちは、ゲームが進行するにつれて、女性たちは連れの男から離れてキャサリンの背後に集まり、男たちは私のうしろへと移動してきた。これはもう、ただ単に、キャサリンを勝ち取るための勝負ではなくて、男を代表しての勝負だった。プレッシャーが大きくなっていった。


エミリー、こういう状況で正しい判断を下すのは難しいものです。早く決めなければ――。決断のときでした。でも、どうしたらいい？　パンチボールに顔を突っ込むか、それともキャサリンを手に入れるチャンスをもう一度つかむか。

「よし、それじゃあ」私は答えた。「もし俺が負けたら、ニワトリにキスしてやる。いや、一分間ニワトリにキスしてから、パンチボールに頭を突っ込んで、それからあっちのテーブルにあるケーキに顔をぶち込んでやるよ。でも、俺が勝ったら君を車で送るだけじゃなくて、あのダンスフロアに出て、君に一分間キスをする」男軍団のはやし立てる声が部屋中に響いた。彼女はひるむどころかおもしろがっているようだった。

「じゃ、決まりね。次はあなたの親よ」彼女はカードを私のほうへ押したが、私は丁重にお断りした。

「親は君だ」私は命令口調で言った。「こっちが勝って八百長だなんて疑われたら困るからな」べつに紳士気取りでそう言ったわけじゃなかった。彼女のカードさばきにくらべたら、自分のは子どもだましみたいだったからだ。まだ数秒しかたっていないような気がしたが、彼女はもうシャッフルし終えて、一ミリの乱れもなくカードを配った。

私は自分のカードを手に取った。ポーカーの神様はほほ笑んでくれなかった。私が三枚も交換に出すと、背後の応援団からうめき声が上がった。彼女は一枚だけ取り換えた。我々はカードをテーブルの上にさらした。女性サイドが沸いた。またしても私の負けだ——それも今度はジャックのワンペアなどというしょぼい手に。

「ついてなくて残念ね、ハリー。今度からポーカーをやるときには、なにを賭けるかもうちょっと気をつけたほうがいいみたいね」

面目はずたずただった。ニワトリにキスして、パンチボールに頭から突っ込んで、ケーキに顔を叩《たた》きつける——。ところが彼女は私に罰ゲームの苦しみを与える代わりに、驚きを与えてくれた。

「もうひと勝負しましょう」と言いだしたのだ。私はすでに、キャサリンはもとより自分の威厳まで失ってしまっていた。こうなったらもう破れかぶれだ。

「もちろん。今度はなにを賭ける?」私は自分の運命を彼女の手にゆだねた。

「さっきと同じよ。でも、あなたが負けたら、さっきのにプラス、プールの飛び込み台のてっぺんまで上っていって、素っ裸になって、『男はみんな大ばかだ』って叫びながら飛び込むの」

見物していた女性たちは彼女の提案にどっと沸いた。

「素っ裸になって?」私はきき返した。

「あら、なんか、こだまが聞こえるわ」笑い声が静まると彼女は言った。

「よし、勝負だ」私は冷たく言い放った。

彼女はカードを配った。私は自分の手を見た。キング三枚に6と10。すばらしい。彼女の目を読もうとした。美しい目だ。でも、カードの手はまったく読み取れなかった。

「二枚交換してくれ」私はわざとうろたえているような声を出した。彼女はカードを二枚テーブルの上に出し、私はそれを取って見た。うれしくて飛び上がりたいくらいだった。3を二枚引いたので、フルハウスの完成。彼女は私を見つめたまま言った。「じゃあ、私も二枚」彼女は自分にも二枚カードを出して、前においた。そしてあとから手にしたカードを見もしないでこうきいてきた。「さあ

――ハリー、あなたの手は?」

「君は今引いたカード、見なくていいのか?」

「ええ、あなたの手は?」

私は観衆に見えるようにカードを持った手を下げた。すると男性陣から歓声が上がった。

「フルハウス。いい手ね」彼女は言った。「でも――」彼女はすごく落ち着いていて、すごく自信あり気だった。ゆっくりと手に持ったカードを一枚ずつテーブルに置いていった。クィーン、次もクィーン、そして次も。彼女は私の表情を見て、にやっと笑った。私の顔に恐怖の色が浮かんでいたのだろう。彼女がはじめて表に出した感情だった。クィーンのスリーカードにならら勝てるけれど、残りの二枚がやけに私の心を脅《おびや》かしていた。彼女の手首が翻《ひるがえ》って、テーブルのカードを一枚めくった。7だ。私の周りにいた男たちから安堵のため息がもれた。残るはあと一枚。まだクィーンが一枚残っている。もし彼女の最後の一枚がクィーンだったら、フォーカードで彼女の勝ちとなり、私は今後何か月も学校中の笑いものとなる。もし、そうじゃなかったら、私は人生最大の大当たりを引き当てたことになる。彼女は落ち着いて、まっすぐに私の目を見つめたまま、手を伸ばして自分のほうへカードを引いていった。それから、ほかの人に見えないように、カードの端を持ち上げると、視線を下げた。カードを見ても彼女の表情は変わらなかった。彼女はまた私の目に視線を戻した。私は目をそらすことができなかった。彼女はどちらにしようか考えているようだ――このカードは私の意のままに変えられるのよ、とでも言うように。何分もたったかと思われるほどの長いあいだだった。彼女は立ち上がると、自分のカードをテーブルの真ん中に積まれていた残りのカードの中へと一気に押し込んだ。

「ハリーの勝ちね！」彼女は観衆に告げた。男性陣から大歓声が沸き上がると、女性たちはため息をついて退却し始めた。キャサリンはひるむことなく私を見つめ続けた。私は手を伸ばして彼女の手を取ると、ダンスフロアの中央へと歩いていった。バンドの演奏に合わせてみんながまたカップルになって踊り始める中、私は賞金を手に納めた——一生のうちでいちばんロマンチックな一分間のキス。そのあと私たちはもう離れられなくなり、七か月後に結婚しました。でも、エミリー、私には今もまだあのとき彼女が引いたカードがなんだったのかわからないんだ。

ところで、ここでひとつ告白しなければならないことがあります。あのとき以来、ずっとひっかかっていたことです。私は正々堂々と勝ったと言ったけど、嘘つきになりたくないから告白します——あれは八百長だったと。じつはあの晩、私の賞金をぜんぶ（キャサリンとのデートを除いて）ジェイソンにあげました。勝負の決め手となるカードを回してくれたお礼に。

エミリー、私はまちがっていたよ。たとえキャサリンのためとはいえ、八百長などするべきじゃなかった。でもあのころの私は若くて愚《おろ》かだったから、バッドとの友情を傷つけずに彼女を手に入れるにはそれしかないと思ってしまったんです。とんだ思いちがいだ。その後何年かたって、ついにバッドにもほんとうのことを言いました。あのときの三百六十ドルに利子をつけて支払った上に、バッドとバッドの奥さんにディナーをごちそうするはめになったけどね。私たちはあの日のことで何時間も笑いました。それでもまちがいはまちがいです。

では、エミリー、問題です。この一件からなにを学べるでしょうか？　できれば八百長のことは忘れて、私がどんなに君のおばあさんを愛していたのかだけを考えてください。私の人生は彼女に出会ったあの日、永遠に変わったのです。

エミリー、君も君にふさわしい人に出会ったら、きっとわかるはずだ。だから、そうと思ったら、両手でしっかりつかんで放してはいけないよ。そりゃあ、いろいろと問題は出てくるだろう。キャサリンと私もそうでした。でも、愛し合うことはやめなかった。結婚まで七か月かかったのは、彼女のお母さんに釘をさされたからです——ふたりが本気だということを確かめられるように。私たちの場合、そんな心配はいらなかったけどね。でも、いいアドバイスです。私も君に同じことを言います。

それが、賢明というものです。

いつでも君を見守っています。

愛をこめて、ハリーおじいちゃんより

エミリーがパジャマのままでキッチンに飛び込んできたとき、ローラは泣いていた。エミリーには最近見慣れてきた光景だった。ローラはエミリーを手招きした。

「こっちにいらっしゃい。おじいちゃんとおばあちゃんがどうして結婚したのか、読んであげるから」

エミリーはローラが手紙を読んでいるあいだじっと耳を傾けていた。

「かっこいいね、ママ」

この言葉にローラは思わずほほ笑んだ。「パパにも電話して教えてあげなくちゃね」

「うん。あたしが電話する」エミリーは受話器をとって、ボブに電話をかけた。

手紙は宝物だった。ローラはエミリーの祖母のキャサリンのことはなにも知らなかった。ボブだって彼女とは小さいときに死に別れているから、きっとそうは知らないはずだ。

「パパ、あたしよ」

「おはよう、どうしてる?」

「ママがね、秘密を見つけたの——ちょっと待ってて」

エミリーは受話器を母親に渡した。

「もしもし?」

「秘密って?」

「大した人たちだわ、ボブ。彼女は頭がよくて、楽しくて、激しい人だったのよ——で、ふたりは心から愛し合っていた」

「なんだそれ?」

「あなた、自分のお父さんとお母さんの馴れ初め、知ってた?」

「いや、知らない」

「すばらしいのよ。ハリーのことはずっとただのおじいさんだと思ってたけど、私たちみたいなころもあったのよね。聞きたい、その話? それにしても、あなたのお母さんって、すごいわね!」

「もうわかったから、教えてくれよ」

「四番目の詩よ。まず、ゆっくり読んでみて。それから、ふたりの名前を丸で囲んで。その丸と丸を結ぶ。そうすると、パスワードが出てくるの」

「もういいからさ、教えてくれよ、パスワード」

「あなたにも自分で見てもらいたいの。わかったら言ってみて。そしたら手紙をファックスしてあげる。読んであげてもいいけど、今度のは何ページもあるのよ。でも、ほんと、美しい話なんだから」

彼が本を取ってきて、詩を読むあいだ、彼女はじっと待っていた。

「ほんとのこいはひと目ぼれ」ボブは答えた。「ハリーはエミリーにも、ひと目ぼれを信じろってわけか。やけに回りくどいパスワードだな」

「でも内容にぴったりよ。すばらしい話なの。じゃあ、送るわね」

「あ、待って」彼が彼女をさえぎった。「ちょっと待って。そのファイルさ、ディスクにコピーして送ってもらえないかな？　そうすれば何時間も長電話しなくてもすむし」

「……」

「ミッシェルにも話したんだ。そしたらおやじの本といっしょにやっぱりファイルのコピーも送ってもらえないかって言ってた。我々の発見を聞いたら、もう興奮しちゃってさ。パズルとか、すごく得意なんだ——援軍は多ければ多いほど助かるし——」

「いいわよ。ミッシェルに送る本は用意できてるから、ファイルもコピーしてすぐに郵送するわ」

「ローラ？　ありがとう」

ファックスが印刷した手紙を送っているあいだに、ローラは電話帳を開いてドクター・スティーヴ・アイヴァリーの電話番号を探した。

Chapter Thirteen
第13章

彼がでるまで十五分近くも電話口で待たされた。応対した受付係には緊急を要する患者の件で、と言っておいた。

「おはようございます、ドクター・アイヴァリーです。すみません、お待たせして」

「もしもし、ローラ・ホイットニーです。覚えてらっしゃいますか？」

「なに言ってるんですか、もちろん覚えてますよ。なにかあったんですか？」

彼女は言いよどんだ。「じつは緊急ってわけじゃないんです。でも、そうでも言わないと先生につないでもらえないと思って。でも、ほんとうに緊急を要する患者だったら、もう死んでるわ」

彼女にはドクターがほほ笑んだのは見えなかった。「これはまたずいぶん待たせちゃったみたいだな。で、どうしたんです？」

「先生は専門外だっておっしゃいましたけど、だれに相談したらいいのかわからなくて。二、三おききしてもいいでしょうか？」

「ええっと——たしか——ハリーさん、でしたっけ？」

「ええ」

「わかることならお答えしますよ」

「ノルエピネフリンの処方箋《しょほうせん》を見つけたんです。これって、どういう病気に処方されるんですか？」

「化学的平衡失調を緩和する薬で――とくに、脳の中の化学物質をコントロールするのに使います」

「つまり、うつ病の治療に使うってことですか？」

「まあ、そういうことです」

「もしこれをずっと飲んでいた人が、処方箋《しょほうせん》が切れたとか、飲み忘れたとかしたら、どうなります？はっきりした症状がでてきますか？」

「ええ、とくにそれまで薬が効果をみせていたとしたらね」

「ドクター・ジャンセンが言ってたとおりだわ」

「ドクター・ジャンセン？　じゃあ、ぼくは二番手ってわけ？」

「いいえ、先生は一番だったじゃないですか。彼のほうが二番手。ただ、先生は、――二番手が最初に言ったことについては二番手です」彼は笑った。「あの」ローラは話を続けた。「私、ハリーのことで先生がおっしゃったことは正しいと思うんです」

「ぼくの言ったこと？」

「ただのアルツハイマーじゃなかったってことです。だって、時々――一日のうちの何分間か、日によっては何時間も――ちゃんとしてたんです。それ以外はどこか遠くに心を置いてきちゃったようで、わけがわからなかったり、怒ってたり――まるでちがう人間みたいでしたけど。あの病気について書いてある本を少し読みました。もし、死に至るほどアルツハイマーが進行していたとしたら、ハリーはひとりではほとんどなにもできない状態になっていたはずです。でも、そうじゃなかった」

「わかりました。で、あなたのお考えは？」

「精神的な病気だったかもしれないと最初におっしゃったのは先生です。それならぴったりなんです。ハリーにはうつ病のあらゆる症状が見られてました。その多くはアルツハイマーの症状とまちがわれてもしかたのないものです。それに、ノルエピネフリンを処方されていたってことは。誤解しないでくださいね、ハリーはアルツハイマーの初期だったという可能性も充分あるんですから――確かにその徴候も見られたんです。でも、それ以上にうつ病だったんだと思います。それも、かなり若いころからずっと。私の説、理屈に合ってます？」

「いつから医科大に通い始めたんです？」

「じゃあ、私の説はありえるってことですね？」

「ありえるどころか、図星ってことでしょう」

彼女は電話から手を伸ばして彼にキスしたい気分だった。

「最後にもうひとつだけおききしていいですか」

「一日中でもどうぞ」彼には彼女が顔を赤らめたのは見えなかった。

「ハリーはかなり早い時期に奥さんを亡くしてるんです。それが、うつ病の引き金になることもありますか？」

「やっぱり精神科の専門医に電話したほうがいいみたいだ」

「今してます。私の専門医は先生です」

「この病気には遺伝的要因が多分に含まれているから、奥さんに死なれたことが原因だとは言えないけど、引き金にはなるかもしれない」

「つまり、ハリーがうつ病だったとしたら、ハリーのお父さんかお母さんもそうだったってことですか？」

「あるいは、家系の中のだれかがね。実際、可能性があるというだけじゃなくて、統計的に見てもそうなんです。今アメリカでは、二千万人以上のおとなが精神の病で苦しんでる。この国じゃあごくありふれた脳の病気というわけです」

「二千万人？」

「研究報告ではそうなってます。病気とうまくつき合って、ふつうの生活を送っている人もいるし、プロの指導や投薬を必要とするくらい重い症状の人もいるし、悲しいことに、路頭に迷ってしまう人もいる。けど、うつ病はべつに恥ずかしい病気でもなければ、恐ろしい病気でもない」

「ほんとうになんて言ったらいいか、先生……」

「スティーヴでいいです」

「スティーヴ先生、ほんとうに、心から感謝してます。あなたみたいに親切な方って、最近めったにいないわ」

「ほめてもらったのはうれしいけど、べつにほめられるほどのことでもないし、珍しいことでもない。そうでしょ？」

ローラは一瞬黙って彼の言葉を考えてみた。「そうですね。いえ、先生に感謝してないって意味じゃなくて、世の中まだまだ捨てたもんじゃないってこと」

「そう、そのとおり」彼は一瞬ためらってから言葉を続けた。「ところでローラ、プライベートな質問をしてもいいかな？」

「ええ、どうぞ」

「エミリーが娘さんってことは、やっぱり結婚してるってことかな？」

彼女は彼のこの質問にちょっと浮き足立ったが、ためらうことなく即答した。「ええ」

「だろうと思った。すてきな人はみんな結婚してるんだ」

「どうもありがとう、スティーヴ」

「いつでもどうぞ。じゃあ、また」

彼女は会社の営業会議に遅刻してしまった。グラント・ミドグレーは彼女が家庭の問題を抱えていることを知っていたから、遅刻の理由をききもしなかった。会社は猛烈に忙しかった。彼女にはこの週末にモデルホームを見にきた客へ電話をかける仕事があったので、お昼ごろに一度客を案内しにでかけたほかは、一日中ずっと電話をかけていた。

最後の電話を終えたときには、受話器が耳にくっついてしまったかと思われた。急いで帰らないと、エミリーより先にうちに着けない。帰り支度をしていたら、また電話が鳴った。ボブだった。

「俺だって、なぞなぞが大好きだったんだ。これって、麻薬みたいだよな」

「もう時間がないのよ。早くしないとエミリーが帰ってきちゃうから」

「ごめん、でもすぐだから。あれって、最初から順番に読むものかもしれないけどさ。十六番目の詩なんだ。宝石を見つけた人には賞品をあげるって書いてある」

「ええ、それで？」

「二行目に『こたえはなんだ、いや、もんどうむようだ』って書いてあるだろ」

彼女は手元に本がなかったので、ボブの言った言葉を書き取った。

「それで？」

「書き取った？」

「ええ」

「じゃあ、『なんだ』の『だ』から、『もんどうむようだ』の『ど』まで線を引いてみて」

「線ね」

「どう、わかった？」

「ボブ、急がないと、エミリーのバスが着いちゃうわ」

「ごめん。そこに宝石の名前が出てきただろ？　読んでごらん。賞品がもらえる」

彼女はほほ笑んだ。「ダイヤモンド」

「それでやってみたら電話くれよ。それと、十二番目のだけど――急いでるようだから、ズバリ、答えだけ。パスワードは『エンジェル』だ」

ラップトップはブリーフケースに入っているけど、ファイルを開くのは帰ってからにしよう。

「フロッピー、送ってくれた？」ボブが続けた。

「ゆうべ出したから。今日中に届くんじゃないかしら。届かなかったら電話して」

「わかった。もうひとつだけ。グレッグと話したんだけどさ。改めてよくわかったよ、姉貴がとんだうじ虫野郎と結婚してたってことが」

「どうしたの？」

「あの遺書はおかしいって言うんだ。エミリーがあの家を手に入れて、自分たちはあれっぽっちしかもらえないのは、おかしいって」

「で、あなたはなんて言ったの？」

「なにも。また電話するって言っておいた。やつの言い分もわかるけどさ、あれはハリーの財産なんだから――だれにどう分け与えようと、ハリーの勝手だろう？　俺の弁護士の話じゃ、あの遺書は有効だろうって。まあ、いつ書かれたかってことと、いつアルツハイマーの症状が出始めていたのかってことによるけど。つまり、ハリーが健全な精神状態にあったかどうかってこと。なあ、グレッグにはなんて言ったらいいと思う？」

「さあ。ね、話の途中で悪いんだけど、もう行かなくちゃ。エミリーが家に入れなくなっちゃう。またあとで電話するから。そのときに話しましょう？」

「そうだね、ごめん。じゃあ」

ボブが怒って電話を切ったのかどうかは、わからなかった。ボブは時々わからないから。

道はすいていた。家に着くとエミリーが帰ってくるまでまだ六分あったので、そのあいだにパソコンをつけて、十六番目の手紙を開いた。正解だった。「頭がいいのね、ハリー。よく考えるわ」彼女は椅子《いす》の背に寄りかかって、楽な姿勢をとってから、手紙を読み始めた。

ディア・エミリー

ハチというのは、こっちが放っておけば、向こうもこっちを放っておいてくれるものだとみんな言います。たわけたことを！ そんなことを言う人は、庭に出たことがないんだ！ 私なんか自分のことだけに専念してちゃんと放っておいてやったのに、何度刺されたことか。では、それで庭仕事を中断されたかというと、そうなったのはたった一度だけです。でもね、エミリー、その一度の経験が、人生における大事なことを教えてくれました。今からその話をしましょう。

ある日、庭仕事をしていたら、ハチが一匹肩にとまった。振り払おうとしてうっかり自分の首のほうへ払ってしまい、そこを刺された。前にも刺されたことはあったけど、このひと刺しは勘弁ならなかった。怒った私は納屋へ行って、殺虫スプレーとハエタタキをひっつかみ、チーズクロスを顔にかけ、禿《は》げ頭は帽子で覆《おお》った。さらに、厚手の長袖シャツと手袋に身を固めると、私は戦いを挑んで庭へと向かった。私の使命は庭から半径五十ヤード以内でブンブンいってるハチを一匹残らず駆除することだった。

二時間たった。ポテト畑は雑草だらけで水も撒《ま》かれず、ニンジン畑もほったらかしだった。だが、そんなことはどうでもいい、ハチを皆殺しにするまでは。私は頑張った。かなりの数を殺した。ところが困ったことに、やつらは一向に消滅しそうにない。今思えば、腕を振りかざし、ハエタタキを振り回し、スプレーを撒《ま》き散らして庭中を飛び回っていたなんて、ぶざまな姿だ。自分が正気を失っていたと気づくのに、半日もかかってしまった。殺しても殺しても、あとからあとからハチは出てきた。私は惨めだった。

人生も同じです。だれにも害を加えることなく自分のことだけに精をだしていても、向こうからチクリと刺しにくることもある。そうなったら、とるべき道はふたつです。ひとつは腹を立てて、自分に危害を加えそうな人にはだれかれ構わずハエタタキを振り回して、何日も棒に振る道。この場合、最終的にはなんの達成感もありません。もうひとつの、もっといいほうの道は、できる限り自分の身を守って、楽しく庭仕事を続けること。そりゃあ、刺されれば痛い。泣いてしまうかもしれないし、こんな仕打ちを受けるようなことを自分はしたのだろうかと悩んでしまうかもしれない。でも、そこまでです。深呼吸をして、刺されたところにひとつまみの湿った土を押し当てて、涙を拭《ふ》いて、笑顔に戻りなさい。また庭へ行って、目の前に広がる美しい景色を味わいなさい。きっとそのほうが意味があると思います。さあ、庭へ出て、大いに楽しんでください。

愛をこめて、ハリーおじいちゃんより

ローラは手紙をプリントアウトして、次に十二番目のファイルをクリックした。「エンジェル」と入力すると、ファイルが開いた。読もうとしたら、エミリーがドアから勢いよく駆け込んできた。

「おかえりなさい」

「ただいま」

「学校のお手紙、ある？」

「うん。ねえ、おじいちゃんの手紙は？」

「ええ、今日はふたつも」

「読んでいい？」

「いいわよ。ちょうど今読もうとしてたところなの。いっしょに読みましょう。学校のお手紙はあとで見せてね」

ローラは手紙をプリントアウトしてから、エミリーとカウチに並んで座った。

ディア・エミリー

君もこれからおとなになるにつれて、自分が天使だということに気づくでしょう。孫かわいさのあまりにでた年寄りのつまらないお世辞だと思うかもしれないけど、そうじゃない。文字どおり、君は「エンジェル」なのです。そのわけを説明しましょう。

以前、話したかもしれないが、君のおばあさんのキャサリンは、仕立ての仕事をしていた。縫製と織物の勉強をきちんと積んでいた彼女は、美しいドレスを作ることにかけては超一流で、結婚してすぐに花嫁衣裳専門の仕立屋を始めた。すると、たちまち手に余るほどの注文が舞い込むようになった。料金をもっと高くしてはどうかという私の提案を聞き入れて、値上げしてはみたけど、それでも注文が多くて断ることもあったくらいだった。まもなく、一流のドレスメーカーだと町中で評判になった。そんなある日、キャサリンはある女性とドレスの打ち合わせをするために、イーストミルフォードのセントジェイムズ教会へでかけていった。教会の前には、彼女のお気に入りの美しい泉があって、予定より早く仕事が終わった彼女は、その泉のほとりに腰かけ、注文のドレスのデザイン画を描くことにした。美しい朝の空気を楽しんでいるうちに、いつの間にか、やはり泉の美しさに誘われてやってきた若い女性と話し始めていた。彼女の名前はアンドリア。キャサリンはいつだって気軽に話のできるタイプの女性だったから、アンドリアは自分の身の上をいろいろと話したようだ。オクラホマの小さな町の出身であること、キャサリンがその日打ち合わせをしていた女性と同じように、自分もこの教会で結婚式を挙げる予定であること、といっても、彼女の場合はみんなから祝福されてはいないことも。彼女は妊娠したせいで、両親から勘当《かんどう》されていた。恋人といっしょに伯母の家の地階を借りて住んでいて、数週間後にはふたりだけで式を挙げる予定だと言う。キャサリンが花嫁衣裳のことを尋ねると、この体では合うドレスもないだろうからとくに用意はしていないという答えが返ってきた。

そのとき、その場で、キャサリンは彼女にただでドレスを作ってあげると約束したんだ。自分は新米の仕立屋なので、妊婦に合うドレスの作り方を勉強しなければならないという作り話をして、「練習台」になってくれたら、むしろこちらが大助かりだ、とまで言って——キャサリンはそういう人なのです。

私はそれまでにもキャサリンが花嫁衣裳を縫う姿を何度も見ていたけど、あの特別なドレスを縫う彼女はいつもよりほんの少し余計に楽しそうでした。

結婚式の日、キャサリンの作ったドレスは目も覚めるような美しさだった。式のあと、アンドリアはキャサリンを引き寄せて、涙を流しながら「エンジェル」と彼女に呼びかけて、こう言った——数週間前、あの泉のほとりにいたときの彼女は自分の境遇に悩み、苦しみ、気持ちがすっかり塞《ふさ》いでしまっていた、そして、泉にコインを投げて、目を閉じて、どうかエンジェルが現れますようにと祈ったところ、その数秒後にキャサリンが自分の隣に座ったのだと。

私が言いたいのはね、エミリー、アンドリアにとって、キャサリンは本物のエンジェルだったということです。彼女は必要とされているときに現れて、救いの手を差し伸べたのです。こんなこと、つまらないことだと思う人もいるかもしれない。所詮《しょせん》、ただのドレスではないか、と。でも、あのときのアンドリアにとってはそれが全世界だったのです。みんな同じです。ちょっと周りを見回せば、だれでも困っているだれかのエンジェルになれるのです。

どうかいつも敏感でいてください。周りに気を配ってみてください。そうすれば、君もエンジェルになれるはずです。

愛をこめて、ハリーおじいちゃんより

ローラはエミリーを見た。彼女はひとことも発しなかったが、泣いているようにも見えた。これは私譲りね、とローラは思ってエミリーをぎゅっと抱き寄せた。

「おじいちゃんの言ってること、わかる？」

エミリーはうなずいた。いつかハリーの手紙はエミリーにとって、もっとずっと意味の深いものになるだろう――エミリーがおとなになれば――手紙の内容をもっと理解できるようになれば。

「ママ、おばあちゃんって、きれいだった？」

「ええ、きっときれいだったと思うわ」

「おばあちゃんのこと、覚えてる？」

「ううん、おばあちゃんはパパがうんと小さいときに――あなたよりも小さいときに――亡くなったから。でも、エミリーに似てるって言うから、きっと美人だったんじゃない？」エミリーは考え込んでいるようだった。

「でもね、そこがこの手紙のいちばんすごいところだと思わない？」ローラは話の先を続けた。「おじいちゃんは私たちにおばあちゃんのことを教えてくれてるのよ――私たちみんなに知ってもらいたかったのよ、おばあちゃんは特別な人だったって。あなたみたいに」

「会いたいよね、会ったことないけど」

「ママも会ったことないけど、会いたいわ」

「もうひとつのも読んだら、パパにファックスしてあげよう」

読み終えると、エミリーはボブに電話をかけて、応答を待った。

「もしもし、ボブ・ホイットニーです。ただいま留守にしています。ピーッと鳴ったらメッセージを録音してください。ファックスの方は②のボタンを押してから送信してください」

ローラは紙を差し込んでから、ファックスボタンを押した。さっきの電話を早々に切ってしまったことを後悔した。エミリーが寝たらまた電話してみよう。そうすれば、グレッグのことや遺書をどうするかなども、だれに遠慮することもなく話せるだろうから。

Chapter Fourteen

第14章

ミッシェルはドアの脇に小包が届いているのを見て胸が高鳴った。ボブにこの本のことを聞いてからずっとそのことばかり気になっていた。

思っていたより、大きな本だった。わくわくする。彼女は慎重に本を開いた。なんてきれいな布地だろう。まずは装丁をじっくり調べた。表紙の縁を太い糸でひと針ひと針手でかがったのち、表表紙と裏表紙の内側でそれぞれ結んで留めてあった。分厚くて、頑丈な本だ。子どもたちが帰ってくるまでまだ一時間ある。彼女は座って本を読み始めた。

聞き覚えのある懐かしい言葉が並んでいて、子どものころの我が家が思いだされた。そのころの思い出は、ボブにはかなり苦々しいものらしいが、彼女にとってはそんなに悪くはなかった。楽園とまではいかなかったが、もっと悲惨な家庭の子どもも大勢いたから。それでも、母親がいてくれたらもっとよかっただろうに。ボブだって救われたかもしれない。この歳になってもまだボブの心配をしているなんて、おかしかった。心配しようにも遠くに住んでいると思うようにはいかない。電話でのボブは幸せそうだったためしがない。いつも不満そうだった。ボブを見ていると、いろんな意味でハリーが思いだされた。もちろん、こんなことは百万年たったって、ボブには言うつもりはないけれども。

彼女は表紙に軽く手を触れた。一ページ一ページ慎重にめくり、言葉に目を通した。お父さんは詩を書いていたんだ――メッセージつきの詩を。好奇心がそそられる。彼女はボブとローラがすでに謎解きをした詩を読んでみた。なるほど、ここにパスワードが……そりゃあ、答えがわかっていれば簡単だ。今度はまだ解かれていない詩を読み始めた――読みながら、我が家に思いをはせた。


ローラが電話にでると、ボブはひどく興奮していた。

「座ってるか?」

「ううん、どうして座ったほうがいいの?」

「絶対信じられないぞ」

「なに?　どの詩が解けたの?」

「そうじゃないんだ」

「じゃあ、なんなの?」

「それがさあ、グレッグのやつ――っていうか、グレッグの子どもたち――っていうか、よくわからないんだけど。あの本で遊んでたらしいんだ」

「あの本で遊んでた?　どうして本で遊ぶのよ?」

「知らないよ。いいから、本を取ってきて、座って聞いてくれよ」

ローラはテーブルの上の本をつかむと、コードレスフォンに切り替えて、ひとことも言わずにカウチに腰を下ろした。エミリーは自分の部屋で遊んでいた。

何秒かして、ボブが口を開いた。

「おい、いるのか？」

「いるわよ。座って聞けって言われたから座って聞いてるの」

「あ、ごめん。じゃあ、裏表紙を開いて」

彼女は指示されたとおりにした。「はい、裏表紙を開けました」

「縫い目をほどいて」

「はあ？」

「糸があるだろ、表紙の回りをぐるっとかがってあって、それから内側で結んである。その結び目をほどいて折り返し部分をめくってごらん。そうすると、カバーの真ん中の板がはずれるんだ。やってみればわかるって」

ローラは糸をほどいていった。ほんとだ。折り返し部分がめくれる。表紙は三枚の薄い板を重ねて作ってあった。真ん中の板をスライドさせてはずしてみると、その中央に開けられていた丸いくぼみから、金貨が落ちて、床に転がった。彼女はカーペットから拾い上げてじっと見つめた。

「ボブ？」

「いい、言わなくても。それ、一九〇八年のセント・ゴーデンズ金貨だろう、新品同様の。どう、あたり？」

「でも、どうして？」

「たぶん、偶然見つけたんだろ？　俺の予想ではハリーの詩か手紙かに、本の中に金貨が隠してあるって書いてあるんじゃないかな。どの詩かはわからないけど。グレッグは『金の詩』だって言ってるけど、どうかな？　本の中に金貨を隠してたなんて、信じられるか？」

「もうすでにたっぷり驚かされてるけど、お父さんには」

「もっとびっくりすることがあるぞ。グレッグが暴走し始めた。あのバカ、家の中にもっと金が隠してあるかもしれないって言いだして、休暇を取ってミッシェルといっしょに確かめにくるんだそうだ、あの『忙しくてクリスマスにしか行けませんよ』男がさ」

「こっちに来るってこと？」

「そういうこと。水曜日にふたりで行くって言ってる。それがさ、――グレッグのやつ、もし金貨が出てきたら、ハリーの遺言で言う貯蓄分に分類されるって思ったようなんだ。遺書に異議申し立てをするって言って、なんとかハリーの心神喪失状態を証明しようとしてたくせに、いまや聖人扱いさ。あんな人間がいるなんて、信じられるか？」

「あなたももっと金貨が出てくると思う？　もうかなり家の中は片づけちゃったけど」

「あそこにはなにが隠されていても不思議じゃない。秘密の詩に、パスワードに、今度は金貨だ。これはやっぱり疑ってみるしかないんじゃないか？　だって、金って言えば、ハリーの大好きな色だし。隣に十分も立ってたら、全身金色に塗られちゃうってくらいだろ？　実際、金貨は隠されてたわけだし。こうなると、あとはもうどうなるか見当もつかないな。どっちにしても、俺もグレッグたちに合わせてそっちに行くよ。もう仕事のほうの都合はつけたんだ。グレッグひとりにあの家を引っ掻き回されてたまるかってんだ。とりあえず、君にも知らせておこうと思って」

「ありがとう、ボブ」

「じゃあ、二、三日のうちに行くから」

ローラは金貨を表紙の中に戻すと、裏表紙をまた閉じ合わせた。そうしながらそっとつぶやいた。

「今度はなに、ハリー？」

彼女は地下にしまっておいた真っ白なパーティー用ドレスを着て病院へ行った。はっとするほど美しく着飾った彼女は、エレベーターのドアが開くとドレスの長い襞《ひだ》をドアから押し出して、誇らしげにワルツを踊りながら受付まで行った。

「ドクター・スティーヴ・アイヴァリーにお会いしたいんですけど」

彼女は待合室にいる人全員に絶対聞こえるくらいの大声で言った。

「個人番号はお持ちですか？」白髪の女性が冷たくきいた。ローラはバッグに手を伸ばした。中身は空っぽだった。彼から聞いていた番号のメモを家に置き忘れてきてしまった。

「ないわ。でも、ドクターと約束したのよ。あちらからここに来るようにって電話があったんだから」受付の電話が鳴った。

「すみませんが、個人番号なしではお通しするわけにはいきません」

「中に入れてよ、ドクターが待ってらっしゃるんだから。私を誘ってくれたのよ。電話があったの」

電話は鳴り続けていた。

「きっと彼よ。でないの、電話？」

「はい、でません。私は交換手じゃなくて、受付係ですから。交換手は火曜日まで戻ってこないんです」

リーン、リーン、リーン。ローラはいらいらがつのってきた。

「彼よ。いっしょに行くことになってるんだってば。彼のタキシードなのよ、これ——ほら、サイズもぴったりでしょ——待ってるわ、私のこと。早く電話にでなさいよ」リーン、リーン、リーン。

「いいえ、火曜日までお待ちください」リーン、リーン、リーン。電話の音に彼女は夢から引き戻された。さらに二度鳴ってようやく、ナイトスタンドの上の電話だと気づき、彼女は受話器をとった。

「もしもし」彼女はぼそぼそと言った。

「また一丁見つけたぞ」

「えっ？」

「いやぁ、夜中に人を起こすのって、快感だな。おい、聞いてるか？　また見つけたんだ。十三ページの詩を見てくれ」

ボブが隠れたパスワードとハリーの手紙に夢中になっているのはわかっていたけど、あんまりじゃないの？　でも、珍しく向こうから歩み寄ってきたのだから、こちらから文句を言いたくはなかった。

「わかった、ちょっと待ってて。取ってくるから」彼女はベッドから這い出すと、暗がりの中でローブを探した。それからつま先立ちで階段を降りた。本は前日からテーブルの上に置きっぱなしになっていた。彼女は八番目の詩を開くとパソコンのほうへと歩きながら、その詩を読んだ。

おばあちゃんの家族写真

いちぞく郎党　末裔《まつえい》にいたるまで　四十一人が集まった
集合写真を　みんなで撮るため　遠くの町から　やってきた
ジムとジルは　トラハッシーから、フレッドとジェーンは　リバー・クレスから
マイクおじさんの　若いおくさん、胸が見えそう　深い襟から。

とび出たおなかの　ヘンリーおじさん　そのおとなりが　リンダ・アン、
おばあちゃんは　最前列に　おんとし今年で　九十三

おばあちゃんを　囲んで並んで　みんな気取って　すましてる、
きっとすてきな　写真になるはず、あれ、でも　なにかが欠けている

よろよろ出てきた　フライトが気づく、おばあちゃんが笑ってないんだ
ウィルマが答える、おじいちゃんが亡くなってからは　ずっとそうだ、
それならみんなで　笑わせようよ、なにかおかしなことをやって
そうすればきっと　写真の中でも　笑って写るに　決まってるって

うまづらサンディ、ヒヒーンとひと鳴き、ビッグ・ジョンはダンスを踊り、
ケニーが得意のジョークをとばし、ヘンリーははいてたズボンをポトリ
大笑い、でも　おばあちゃんだけ　笑わないで　手を顔に、
ちっちゃなエイミィが「おばあちゃん、泣いちゃだめよ」と懸命に。

じっと黙って　手をあげたのは　涙をふくため？　いやちがう
おばあちゃんは　口のあたりに手をもっていって　皆に言う
「おじいさんが死んだからって、あたしゃべつに悲しくないよ
あたしが笑ってないのはね　流しに入れ歯を忘れたんだよ」

もう何度も読んだ詩だったが、やっぱり笑ってしまう。「読んだけど、どこを見ればいいの？」彼女はきいた。

「それぞれの連の最初の一字を拾ってつなげてみて」

「えっと——いとようじ？」

「そのとおり」彼は勝ち誇ったように言った。

「いとようじ——デンタルフロスのこと？」彼女はもう一度言った。

「そうだよ、いいアドバイスじゃないか」

ローラはパソコンをつけてフォルダを開き、八番目のファイルをクリックして、パスワードを入力した。

「あら、ホント、正解だわ。よくできました」

「いや、なんのなんの」彼は自分の手柄に得意げだった。

「読んであげましょうか？　半ページくらいだから」

「もう読んだよ、フロッピー届いたんだ。ただ君も見たいだろうと思ってさ」

「ほんとうに？」

「ああ、ほんとうに」

「それはどうもありがとう。じゃあちょっと待ってて、今読むから」彼女は急いで手紙に目を通した。

ディア・エミリー

八十歳の老人が洗面所の流しで自分の歯をはずしているところを見たことがありますか？　いいかい、エミリー、そんなのはぜんぜん美しい光景じゃない。いとようじは毎晩一分とかからないけど、そのごほうびは絶大です。夜遅くに帰ってきた日は「明日の朝やればいい」と思ってしまうかもしれない。そこでくじけてはだめだ！　――引き出しを開けて、あの白い、ワックスのかかった糸をちょっと切り取るのです。

そうすればふたつもいいことがあります。第一に、一生心置きなく歯を出して笑えます。第二に、君が九十のおばあさんになってから鏡に向かってほほ笑んでみたときに、私のことを思いだしてもらえます。どうか自分を大切にしてください。愛しています。

愛をこめて、ハリーおじいちゃんより

「こんなもの、いつ書いたんだろう？　へんだよな、俺にはデンタルフロスを使えなんて一度も言ったことないくせに」

「わからない？　これは歯科衛生のアドバイスじゃないのよ。自分を思いだしてほしいってこと」

「そんなのハリーらしくないけどね」

「あら、そうかしら。何年か前はどうだった？　ハリーが病気になる前は？　昔はものすごく頭の回転が速い人だったんでしょ？　ずっとあんな頑固じいさんだったわけじゃないのよ」

「俺が物心ついたときにはもう頑固じじいだった」

「私が知り合ってからのあなたはずっとハリーをおこりんぼの老人としてしか見てなかったものね」

いつものボブだったら、反論するか、自分の立場を正当化するところだったが、彼女の言うとおりだと思えた。

「君とエミリーがハリーのところへ行くようになったのって、どれくらい前？　二年？　三年？」

彼女はちょっと考えてから言った。「来月でまる二年よ」

「ハリーがなにか書いてるのって、見たことある？」

「ううん、ほとんどないわ。でも、カーラが何度か見たって言ってた。たぶん午前中に書いてたんじゃない？　そうよ、きっと何年もかかってこの本を作ったのよ。そうとしか考えられない」

「なんだか妙な感じだ。自分の父親が言ってることなのに、ぜんぜん知らない人からアドバイスされてるみたいな」

「ねえ、もしかして、それが目的で書いたんじゃない？　そうは思わない？」彼女は言った。

「おい、もう寝たほうがいいぞ、遅いから。あ、でも、十七番目のやつもわかりそうなんだ。もしわかったら、また電話するよ。今夜はだめでも、金曜日にそっちに行くまでには絶対解いてみせる」

「楽しみにしてるわ。でもね、ボブ？」

「なに？」

「朝にして。今夜中にわかっても、電話するのは、朝」

プツッ。

「ローラ？　ローラ？」

Chapter Fifteen

第15章

ボブはゲートから出てくると、ピースサインのような合図をローラにさっと送った。これでパスワードがもうふたつ解けたと彼女はわかってくれるだろう。彼女の前まで来ると、ボブはどうやって挨《あい》拶《さつ》しようか迷った。握手するのもばかみたいだし、抱き合うのも適当とは思えない。結局どちらもしないで、いきなり暗号解読の話題を切り出すことにした。

「もうふたつ解けたよ。どうやらツキが回ってきたみたいだ。ひとつは飛行機の中でわかってさ。叫び声を上げたらフライトアテンダントが飛んできて、どうなさいました、なんてきかれちゃったよ」

彼はだれにも聞かれていないことを確認するかのように辺《あた》りを見回してから、彼女の耳元にかがんでささやいた。「あんまり大きな声じゃ言えないけど、昨日は会社をズル休みしてね。一日中キッチンのテーブルで、あのばかげた詩の解読に専念してたんだ」

「それで、どれがわかったの？」

「俺のラップトップにファイルを入れてきたから、車に乗ったらホテルに着くまでのあいだに読んでやるよ」

「ホテル？」

「ああ、いちおうホテルを予約したんだけど。キャンセルしたほうがいいと思う？」

「また夜中に電話で叩《たた》き起こされるんじゃ、たまんないわ。あなたさえよければ、どうぞ、ゲストルームで寝てちょうだい」

「サンキュー、そうさせてもらうよ」

ローラが空港の駐車場から車を出すあいだに、ボブはパソコンをつけて、ファイルを開いた。

「最初はチョコレートプディングの詩だ」

「え？　あれ、わかったの？」ローラは意気込んで言った。それはチョコレートのデザートのレシピがふたつ入っている詩だった。ローラもずいぶん考えたのだが、どうしても解けなかった。

「ああわかったよ、すごいだろ？　ちょっと時間がかかったけどね。じつはゆうべ、実際にあのレシピどおりに作ってみたら、ハリーの言わんとしてたことがわかったんだ」ローラはほほ笑んだ。こっちの冷蔵庫にも、やはり前の夜からチョコレートのデザートがふたつ入っている。「カギは、材料の中にあった。まるでちがう書き方をしているから惑わされたけど、よく見りゃ同じなんだよ――ふたつともまったく同じ材料を使ってるんだ。手紙を読めばわかるから」

ディア・エミリー
ローラが車を運転する横で、ボブはパスワードを打ち込むと、手紙を読み始めた。

チョコレートスフレとチョコレートプディングのちがいはなんだろう、と考えてみたことはありますか？　なにをバカなことをと思うかもしれないけれど、これから話すことを読んでくれればどういうことか、すぐにわかります。

私は学生時代、町の高級な住宅地にあるレストラン「ディヴィッド・アンジェラ」でアルバイトをしていた。デザートのほとんどは、業者から購入した冷凍ものを解凍して、いかにも作りたてのように客に出していたけれど、チョコレートスフレだけはオリジナルのものを作っていた。その店に代々伝わる秘伝のレシピで。白い皿の上にラズベリーとチョコレートシロップを敷いて、そこにチョコレートスフレを載せ、てっぺんにスライスしたベルギーチョコレートと粉砂糖を振りかける。ゼロからすばらしい作品に作り上げていくのだから、これは見物《みもの》だった。そこで働いているあいだに、私も作り方を覚えた。信じられないだろう？　おじいちゃんがキッチンで料理をするなんて。私がキッチンに立つと思っただけで、キャサリンには耐えられなかったみたいだ。結婚すると、私はさっさとキッチンから追い出されてしまった。私が料理をするとちらかるからだと彼女は言っていたけれど、ほんとうは、私のチョコレートスフレに嫉妬《しっと》したからじゃないかな？

そんなある日、髪をセットしに美容院へ行ったキャサリンを迎えにいくことがあった——あれだけはどうしても理解できません。どうしてわざわざお金を払って、へんてこな髪型にしてもらうのだろう？　髪が崩れるからといって、何日もふつうに眠ることもできなくなるのに。へんな習慣だ——でも、とにかく、私は迎えにいった。まだ終わっていなかったので、しばらく待つことになり、暇つぶしにテーブルの上に積まれていた雑誌を見ることにした。アウトドア系の雑誌が一冊もなかったので、しかたなく、料理の本をぺらぺらとめくっていると、そこに、チョコレートプディングの作り方がでていた。そう、チョコレートプディング。インスタントのではなくて、ホームメイドの、とはいえ、よくあるあの素朴なチョコレートプディングだ。レシピをじっくり読んでみた。なんと、そこに書かれていた材料は、かつてレストランで作っていたチョコレートスフレと同じじゃないか！　ちがうところといったら、加熱時間と材料の混ぜ方と盛りつけ方だけ。

そのときすぐにピンときました。人生も、グルメクッキングみたいなものだと。私たちはみんなたいていは同じ材料を与えられているのです。要は、それをいかに料理するか——手順と、所要時間と、盛りつけ方——なのだと。プディングを作る人もいるだろうけど、ほんのちょっと余計に時間をかけて、ほんのちょっと余分に手間をかけて、盛りつけまで手を抜かずにやり遂げると、もっとずっと豪華なものができ上がるのです。

では、キッチンへ行って、人生で与えられた材料に取り組んで、おじいちゃんにチョコレートスフレを作ってみせてください。

愛をこめて、ハリーおじいちゃんより

「これがチョコレートプディングのアドバイス。で、飛行機で見つけたのは『数に頼めば道はひらく』っていうやつ」

「ちょっとそれ、読んでみて」
「ああ」彼はハリーの本を取りあげると、その詩のページをめくって読み始めた。

数に頼めば道はひらく

このレース、人生という名のこの旅を、独《ひと》りで走る人もいる、
荷物は軽くと彼らは言う、そう、つらい道のりが待っている。

果たしてそれはどうだろう？　道は石ころだらけかも、
おまけに暗くて淋しいのなら、独《ひと》りで行くのは寒いかも。

行く先の部屋に余裕があるなら、友を連れて腕を組み、
危ないことから互いを守り、これで旅路もお楽しみ。

二人でこんなに淋しくないなら、手に手をとって十人に、
互いに明かりを照らしあい、落とし穴にはまらぬように。

八十二歳で振り返ったとき、だれかにこう言ってもらいたい、
友のおかげで道が見つかり、ここまで来られた、ありがたい。

「これずるくてさ。カギは題名にあったんだ。『数に頼めば道はひらく』。詩の中の数字だよ。2と10と82。それをぜんぶ順に入力すれば、はい正解」
彼はラップトップを引き寄せて、パスワードを入力した。

ディア・エミリー
　昔、ある偉人が言いました。「人生の門はちいさな蝶《ちょう》番《つがい》を頼りに開かれる」――つまり、ちょっとしたミスで喜びを台無しにしてしまうこともあるということです。私は身をもってこれを知ってしまった。君はそんなことにならないよう用心してください。ちゃんと人生の指針を決めて、それに従って生きていくのです。そうすれば、それが地図となって危険地帯を回避できるし、ごほうびの待ち受ける場所にたどり着けるはずだから。そうすれば道からそれることなく、転落への第一歩を踏みだすことも、目の前のプレッシャーに押しつぶされることもなく進めるはずだから。自分で定めた方針は絶対にゆるめてはいけないよ。たったひとつ曲がり角をまちがえたために、困難な道に踏み込むこともあるのです。では、なにがあったのか、説明しましょう。
　この家に越してきて間もなくのこと、私はある友人にキャンプに誘われた。「男同士」の旅という

やつです。最近では「男の絆」とかなんとかバカげた言い方をするようだけど。それはともかく、その友人は、合衆国地質調査室発行の地図を何冊か持ってきていて、さっそくふたりでダイアモンドフォーク近くに広がる東部山脈地帯の冒険へと出発した。道はちっとも険しくなく、やがて我々はコーナーキャニオンの温泉の湧き出る美しい場所に行き着いた。山から流れ出る冷たい水が滝となって花崗岩の崖から滝壺《たきつぼ》へと落ち、そこで温泉と混じり合っている。滝壺《たきつぼ》の温かい水は、肌を刺す朝の冷たい空気に触れて、その上空に不思議な蒸気の渦を巻きおこし、それが霧となって辺《あた》りを覆《おお》っている。穏やかでありながら、はっと息を呑むような光景だ。この美しい景色をキャサリンにも見せてやりたいと思った私は、さっそく週末の計画を立てた。彼女と私は食糧その他を詰め込み、いそいそと出発したのだが、あわてていたので地図を家に置き忘れてきてしまった。地図がないことに気づいたキャサリンは取りに戻ったほうがいいと言う。でも私は、行ったことがあるところだし、道には自信があるから大丈夫だと請合った。どうなったかは想像がつくでしょう。地図がないために、私は曲がるところをひとつまちがえてしまったんだ。そのたったひとつのミスが、またひとつ、またひとつと次々にミスを生みだしていって、自分たちがどこにいるのか気づいたときにはもうまちがった方向に何マイルも歩いてしまっていた。ようやく車まで引き返したときには、もう日が暮れていて、その日は結局あのクリスタルのような美しい滝壺《たきつぼ》に行き着くことはできなかった。

人生にはよくあることです。たったひとつの過ちのためにおかしな方向へと向かってしまったり、ミスに気づいて引き返すころには、もう好機を逸してしまっていたり……失ってしまった好機は二度と取り戻せません。

まずは腰を降ろして、自分の向かう人生の方向を決め、そこへ至る道順を確定すること。それが自分だけの地図となるのです。それさえすれば、難しい決定を迫られても、嵐を呼ぶ暗雲が立ちこめてきても、戸惑《とまど》うことはないでしょう。自分の選んだ目的地までの道はちゃんとわかっているのだから。

私には君の代わりに君の目的地を選んであげることも、方針を決めてあげることもできません。できるものならしてあげたいけれど、それは君自身でしなければね。でも、自分のものであれば——自分で決めた指針であれば——それは頑丈でゆるぎない錨《いかり》となることでしょう。

エミリー、私は祈っています。君の希望と夢がかなえられますように。君が幸せで満ち足りた人生を歩めますように。いつでも君を愛しています。

愛をこめて、ハリーおじいちゃんより

さっきも読んだはずなのに、ボブは感動した。読み終えても画面を見つめたまま動かなかった。ローラは感慨にふけっているボブの邪魔はしたくなかったが、学校に着いてしまった。ローラが縁石沿いに車を停めて、エンジンを切ると、ボブは困惑の表情をローラに向けた。

「ごめんね、言い忘れてたけど、今日は迎えにいくってエミリーと約束しちゃったのよ。あと十分くらいで出てくるわ。で、今なんて言おうとしたの？」

彼は一瞬黙った。「すごくへんだなって。だってアルツハイマーでいかれてたのに、どうしてこんなものが書けたんだろう？」

ローラは迷った。自分が調べたことを彼に話そうかどうか。ちょっと考えて、やはり今話すのがいちばんいいと思った。

「やっぱり教えておいたほうがいいわよね」

「なにを？」

「あの薬――ほら、前に話した薬のこと。調べたのよ。ふたりの医者に話を聞いたの。あれを処方した医者はハリーのお友だちだったわ。時々診察に行ってたみたい。それであの薬をもらってたのね」

「で、その医者はなんて言ってた？」

「その人とは話せなかったの。もう一年くらい前に亡くなってたから」

「えっ？」

「でも、息子さんに話を聞けたわ。息子さんも医者なの。お父さんのカルテを調べてくれたし、お父さんがハリーのことを話していたのも覚えててくれて。処方箋《しょほうせん》の更新は郵送でしてくれてたんですって。それが、半年くらい前に期限が切れちゃって。それって、ちょうどハリーがおかしくなり始めたころなのよ」

ボブは身を乗り出した。ローラは話を続けた。

「確かにハリーはアルツハイマーの初期だったのかもしれない。でも、あの薬はうつ病の薬だった。その先生の記録によると、ハリーはずいぶん前からうつ病になってたみたい――何年も前から――たぶん、うんと若いころから」

「でも、ほら、あの病院、あっちではアルツハイマーって言われたんだろ？」

「あっちの病院にも行ってみたけど。ひどいのよ。陸運局の交通課みたいに、老人を流れ作業で診察して、安易な診断を下すの。老人医療費をいちばんたくさんもらえるような診断をね。化学的平衡失調とか、うつ病とか、そういう病気の検査はしないのよ――ひとつも。ある先生に調べてもらったんだけど。ハリーが〝狂ってた〟って言ってるわけじゃないのよ。ただ、精神的な病気だったかもしれないって言ってるの。ねえ、知ってた？　アメリカにはこの手の病気の人が二千万人以上もいるんですって」

彼女は彼が反論するか、怒りだすのではないかと思った。でも、彼はじっと考え込んだままだった。

「それで、ハリーはいつこれを書いたんだろう？」

「毎日少しずつ書いたんじゃないかしら。何年もかかって。今となってはわからないけど。あなたのお父さんって、ホント、わからない人だったから。自分のことはほとんど話さなかったでしょう。たぶん、そういう性格だったんでしょうね。だからほんとうにわからないの。でも、この詩はハリーとしては、精いっぱいの努力の証しだったんだと思うわ――これで私たちに知らせようとしたのよ――自分もみんなのことを心配してたんだって」

後部座席のドアがバッと開けられた。

「パパ？」

「おっ、エミリー」

「こんなところでなにやってんの？」

「レオナルド・ディカプリオがいるのかと思った？」

「だれ、それ？」

「いや、いい。で、どうだい、うちのお嬢さんは元気かな？」

「うん、でも、どうしてここにいるの？」

「ちょっと用があって、二、三日こっちにいるんだ。ハリーのことでね」

「ずっといるんじゃないの？」

「うん、ちょっとだけ。そうだ、映画観て、食事でもしないかい？」

「今から？」

「そうだよ。ママがいいって言ったらね。パパのおごりだ」

ローラは目玉をぐるりと回した。「なによ、この状況で私に反対できると思うの？」

エミリーはボブがハリーの本を持っているのに気づき、車の中で読んでくれとせがんだ。ボブはみんなに聞こえるように、朗読した。そのうちのひとつがエミリーの気を引いた。

「これ知ってる」

「知ってるって、どういう意味だい？」ボブが尋ねた。

「答え、知ってるよ。お馬のジョークといっしょだもん」

「なんの話、それ?」ローラもきいた。

「もう一回読んでくれたら教えてあげる」ローラはエミリーが突然ふたりに注目されていい気分になっているのがわかった。きっとできるだけ答えの発表を先延ばしにするだろう。ボブはもう一度詩を読んだ。

わしはつまらん名前でね、と農夫のフレッドは言いました。

「せめて動物たちには、うきうきするような名前をつけよう、こいつはいいや。

どこにもないような、へんてこりんなおもしろおかしい名前にするんだ」

犬には「モハマ」と名前をつけた、きっとトンガの犬なんだ、
ブタの名前は「ブックラブー」、アヒルの名前は「カッコウワリー」、
牛の名前は「ノラリン＝クラリン」、ヤギの名前は「ツンツクツン」、
池のほとりのカエルにまでも「トンデレラ」と名前をつけた。

猫の名前は「ヒッカキー」、羊の名前は「フワフワフー」、
うまやの馬も今じゃ立派な「デクノボーイ」だ。動物だけにはとどまらない。
おかしなことに、自分の妻まで「いとしのハニー・パイ」と呼んでいた。

まだひとつだけ言ってない。年をとったはんぱものの、
おいぼれラバが残ってる。そいつの名前は内緒なんだ。
こんな遊びはバカみたいだし、あんまりだと言う人もいる。
さて、そのラバの名前は、なんだと思うあててごらん。

「ハリーはドクター・スースのシリーズを読んでたのかな?」ボブがきいた。

「私も今それを考えてたのよ」ローラが言った。

「それにしても、これはお手上げだな。動物の名前を逆から読んだり、くっつけてみたりしたけど、
なにもでてこなかった」

　エミリーが笑った。「そうよ、これはお馬のジョークといっしょなんだから」

「それ、教えてくれる気あるの?　それとも映画はやめる?」ローラが脅迫した。

「いいわ、教えてあげる。前におじいちゃんが教えてくれたなぞなぞなの。

　昔お馬をかっていたんだ、
　とてもりこうなお馬なんだ、
　さあわかるかな、
　お馬の名前は、なあんだ?

わからない？　お馬の名前はね、『なあんだ』なの」
ローラとボブはびっくりして顔を見合わせた。なんてばかばかしい。でも、ちゃんとそう書いてある。ボブはファイルをクリックすると、ラバの名前を打ち込んだ――「ナンダトオモウアテテゴラン」。ファイルは開いた。
「やった、大正解」

ディア・エミリー
昔、おじいちゃんがおじいちゃんのお父さんから聞いた話です。おじいちゃんのお父さんもたぶんそのまたお父さんから聞いたのでしょう。君もいずれ君の子どもに話してあげてください。

昔あるところに、農夫がおった。農夫はラバを一頭飼っておった。そのラバは年をとっていたから、目もよう見えんようになっとった。ある日、ラバはつまずいて転んだ拍子に、古い枯れ井戸に落ちてしもうた。落っこちてびっくらこいたけれど、けがはせんかった。ラバは「ここから出してくれぃ」と、大声でいなき始めた。それを聞いた農夫は、なにがあったのかと、井戸に駆けつけてきよった。井戸は深いし、ラバはもう年寄りだ。けがをしていてさぞかしつらかろうて、いっそ、このまま埋めてやるべか、と農夫は考えた。そこで、納屋からスコップを取ってくると、枯れ井戸に土を放り込み始めた。頭や背中に土が降ってきたから、ラバは途方に暮れてしもうた。

エミリー、これでラバも終わりだと思うだろう？　ところが、驚くべきことが起こったんだ。背中に落ちてきた土を、ラバは振り落としてひづめで踏み固めよった。次々と降ってくる土を、次々と振り落としては踏み固めていきおった。日が暮れるまで、ずいぶん長いこと、振り落としては、踏み固めた。そしてとうとう、井戸はすっかり埋まり、なんと、ラバはその上に立っておった。もうこれで充分というところまで来ると、ラバはヒョイと外に出て、疲れ切った体で納屋の自分の寝床へと引き上げていったとさ。

君のことをラバにたとえようというわけじゃないけれど、生きているうちには君に土を投げかけてくる人もいるでしょう。でも、この年寄りラバのように、埋められてなるものかと土を振り落としていれば、人生で起こるさまざまな辛いことも乗り越えていけるはずです。

人生には辛いことがままあります。でも、君はひとりじゃない。涼しい夏の夜に生暖かい風を感じて、ふと、私を思いだしてくれたなら、私はきっとそこにいます。君が自分でできる限り高いところまで登ったら、私が背後から、もう一歩高いところまで押し上げてあげよう。落ちるときには、君の下に回って痛みを和らげてあげよう。姿は見えなくても、私はいつも君といっしょにいます。

君を愛しています。いい子で立派に育ってください。

愛をこめて、ハリーおじいちゃんより

Chapter Sixteen 第16章

グレッグとミッシェルは朝の便で到着した。ふたりはレンタカーでミッドバレーまで来ると、高速を降りて「デニーズ」に入り、そこでボブとローラと落ち合った。朝食はさっさとすませた。グレッグは早く行きたくてそわそわしていた。

古い煉瓦《れんが》造《づく》りのハリーの家の前で、二台の車は同時に停まった。ボブが目をやると、グレッグは車のトランクから長い段ボール箱を取り出していた。家の戸口まで運ぶのを見ていたら、それは新品の金属探知機だった。

「おい、見ろよ、やつの目の中に＄《ドルマーク》が出てる」ボブはローラにささやいた。彼女は彼をつついて黙らせた。

「これ、会社の近くの特殊電気店で見つけたんだ」箱の中から機械を取り出しながらグレッグが言った。「最先端技術の結晶ってやつだ」

「ああ、だろうね、そんなにボタンがいっぱいついてるんだから。ちゃんと使い方は教わってきたかい？」ボブがきいた。

「簡単さ。よし、地下から始めよう。やり方教えてやるよ」

グレッグにものを教わるなんて、考えただけでボブはぞっとしたが、それでもそういうものを持ってきてくれたのはうれしかった。家を売ったあとで、新しい持ち主が隠されていた金貨の山を発見するなんてことになったら、それこそぞっとする。

ボブとグレッグは地下へ行って、探索を開始したが、女性ふたりはキッチンテーブルでくつろぐことにした。彼女たちも探索をするつもりだったのだが、この場は男性陣とあの電気のおもちゃに任せるのがいちばんだという結論に達した。

「私たちは私たちにできることをしましょうよ」ミッシェルがローラにささやいた。「おしゃべりを!」

ミッシェルたちはいつもクリスマスにしかやってこないから、お互い初対面の者同士のような気分だった。この人とは馬が合うと、ローラは今日になって初めてわかった。まずはお互いの子どもの情報を交換し合った——エミリーは二年生で、担任の先生が大好き。ミッシェルの子どもは四年生と六年生。プレストンはサッカーをやっていて、デヴィンはピアノを習っている。それから、近所のこと、洋服のことなどいろいろ話して、ついに、ミッシェルがボブの話題に触れた。

「ボブからあなたたちが別れることになったって聞いたときには、愕然《がくぜん》としちゃった」彼女は手を伸ばしてローラの膝に触れた。ローラはなんと言ったらいいかわからなかった。ミッシェルが話を続けた。「私の弟だからって、ボブの味方をするつもりはないのよ。だって、あいつ、ばかだから」

味方してくれて、ありがたかった。「ありがとう。じつは時々わけがわからなくなるの、あの人。家に戻ってきてしばらくはなにもかもうまくいってるって感じになるのに。それが、何日か、何週間かすると、まるで別人みたいになっちゃって。どうにもしようがないって感じ。結局、こうするのがいちばんなのかも」

しばらくおしゃべりしていたら、ドアが開いて、グレッグとボブが入ってきた。

「なにか見つかったか？」グレッグがミッシェルにきいた。

彼女はほほ笑んで言った。「まだなにも。見つかったら真っ先にあなたに知らせるわよ——それより、そっちにはそのハイテク機器があるじゃない。どう、うまくいってる？　私たちはもうお金持ちになれたの？」

「いや、まだなにも」グレッグがきびきびと答えた。

「正確に言うと、なにもってわけじゃないけど」ボブがにやりと笑って口をはさんだ。「金属探知機が反応したから、壁にふたつ穴をあけてみたんだ。そしたら、銅製の配水管が出てきた」彼はローラに素早く目配せした。

「ちゃんと作動してるってことだ」グレッグが言った。「それに、穴はドアの陰になるところだから。埋めればわからない」

「じゃあ、また続きをどうぞ」ローラが言った。「私たちはもうすこし、このキッチンテーブルの辺《あた》りをチェックするから」彼女はミッシェルにウィンクした。

「じゃあ、この階は……」ボブが言った。「ハリーの部屋から始めるかな。奥から順番に調べていこう。どうだい、それで?」と、いちおう儀礼的に了解を求めた。じつのところ、ボブとしてはグレッグの意向などどうでもよかった。男たちはふたりそろってハリーの部屋へ向かった。

部屋にはまだハリーの物がたくさん残っていた。ボブはなんだか入ってはいけない場所をかぎ回っているような気持ちになった。グレッグはそんなボブの気持ちにはまるで気づいていないようだった。

「クロゼットから始めるかな?」グレッグがきいた。小さなクロゼットのアーチ型のドアを開けて、電気のスイッチを探した。電気はなかった。クロゼットは幅九十センチ、奥行き百二十センチくらいだ。くしゃくしゃのソックスとボロ靴が重なり合って床を覆《おお》っていた。靴はすっかり履《は》きつぶされたものばかりで、グッドウィル〔民間慈善団体。古着などを集めて売却し、その金を貧民救済にあてる〕でさえ欲しがりそうになかった。

床に放り出された靴を見て、グレッグは天井から始めることにした。ボブはグレッグが天井に向かって棒を振り回しているのを見つめていた。機械の針は時々わずかに動いたが、それは釘や、天井裏にあるちょっとした金属片に反応してのことだった。グレッグが天井と壁をチェックし終えたので、いよいよ床に取りかかれるように古い靴をどかそうかとボブが考えていると、グレッグは散乱している靴を無視して、その上から探知盤をかざした。地下の壁の中から発見した配水管をのぞけば、まだ収穫はゼロだった。なのに、これじゃあ、ハリーの古い靴を調べているようなものじゃないか、とボブは黙って考えていた。と、そのとき、探知機から鋭い音が鳴り響き、ボブを飛び上がらせた。ボブが歩み寄って、グレッグの手に握られた機械をじっと見つめているあいだも、警報は鳴り続けていた。針は目盛を振り切っていた。

この騒ぎを聞きつけて、ローラとミッシェルが部屋に駆け込んできた。グレッグの目は勝利にらんらんと輝いていた。

「この探知機さえあれば、問題は解決すると思ってたよ」彼は満足げに言った。ボブもうなずくしかなかった。認めたくはなかったが、グレッグの言うとおりだった。

クロゼットは一度にひとりしか入れないくらい狭かったから、ローラとミッシェルはベッドまで退却して、ポジション争いをボブとグレッグに任せておいた。ボブが勝った。

「まず、こいつを外に出そう」ボブは靴とソックスを見て言った。消防隊のバケツリレーのように、ボブがグレッグに靴を渡すと、グレッグがそれをミッシェルとローラに渡し、ふたりはそれをベッドの真ん中に積み上げていった。靴が八足と、片っぽだけのがふたつ、それと、バラバラのソックスが七つ。それらを外に出してからボブもクロゼットから出てきた。が、ボブはグレッグをクロゼットの中に入れてなるものかと、入り口に立ちはだかっていた。彼の手には木製の床下通気孔用の蓋《ふた》が握られていた。

「やっぱりあったよ。クロゼットの下に、通気孔があるんだけど。こいつはダミーだ」

「どうしてダミーだってわかるの?」ミッシェルが不思議がった。

「第一に、クロゼットにはふつう、通気孔は作らない。空気を循環させるために、たいていは玄関ホールとか、大きな部屋につけるんだ」ボブは笑いを抑えるために、一瞬息を整えた。「それから第二に、手を入れたら、床下金庫のダイヤルに触った」

グレッグの顔に笑みが広がった。ボブは話を続けた。

「ローラ、地下から懐中電灯を取ってきてくれないか?」この宝のありかをグレッグから守るために、自分はこの場を離れるわけにはいかなかった。

「ええ、ちょっと待ってて」

床下金庫? 考えてみればおかしな話だったが、ここまでくるとボブにはなんでも信じられた。

「子どものときに、そんな金庫あったかな?」彼はミッシェルにきいた。

「ううん。そんなに古いものなの?」

「だってさ、この蓋《ふた》を見てくれよ。かなり古いぜ、これ。今まで知らなかったのが不思議なくらいだ。まあ、ハリーはなんでも秘密にするのが得意だったから」

ローラは両手にひとつずつ懐中電灯を持って部屋に戻ってきた。

「どっちがいい?」どちらでも構わないだろうと思いながら、ローラは大きいほうを手渡した。ボブはそれを奪うように受け取ると、クロゼットに戻っていった。グレッグも無理やり入り込んで、ボブの頭上からもうひとつの懐中電灯をかざしていた。明かりが当たると、通気孔の蓋《ふた》の下に隠れていた大きなスチール製の床下金庫が姿を現した。縦横四十五センチくらいだろうか。いつの時代の物なのかはわからなかった。最初、ボブにはこの家と同じくらい古いもののように思えたが、金庫はたいてい古く見えるものだと思い直した。とにかく、見つけたことにかわりはない。ボブは片手に懐中電灯を握り、空いているほうの手で取っ手を引いた。金庫はピクリともしない。「ダイヤルの番号は？」彼はまるで外にいるだれかが知っているはずだ、とでも言うようにつぶやいた。

「扉の上にメモかなにかないか？」グレッグがきいた。

「いや。こっちにはなにもない」

「クロゼットの壁には？」

ボブはクロゼットの中をくまなくゆっくりと懐中電灯で照らしていった。グレッグもいっしょになって、照らした。やはりなにもない。ここまできて、番号がわからないのでは手の出しようがない。もう何秒か見回してみたあと、ボブはそろそろかなと考えて、グレッグにクロゼットを譲ってやった。狭苦しくて息が詰まりそうだったし、それに、グレッグだって、隅々まで自分で調べてみなければ気がすまないだろう。数分してグレッグが出てきた。

「ないね」

「って言ってるじゃねぇか」ボブが小声でつぶやいた。

「たいてい三つか四つの組み合わせだよな。デスクとか、地下とか、探してみよう、どこかに書いてあるはずだ。この家のどこかに」

四人は四十分ほど探し回ったが、なんの手がかりも出てこなかった。グレッグは次第にいらいらしてきて、クロゼットから出した靴までひとつひとつ調べ始めていた。

「誕生日とか、社会保障番号とか、そういうのは？」

ミッシェルとローラはあらゆる可能性を考えて、大切な日付を書き出した。いろいろな人の誕生日、いろいろな記念日、そして、いろいろな人の命日まで、三十分もかけて試してみた。どれも、前から、うしろからと、両方やってみた。最初はグレッグがやり、あとでボブに代わった。ふたりとも忍耐力の限界に近づいていた。ミッシェルとローラはベッドにもたれて腰を降ろし、ボブとグレッグはクロゼットの前の床に座り込んだ。

「爆破しようか？」グレッグが提案した。

「うーん、すばらしい思いつきだ」ボブが答えた。

「それじゃあ。高校のときに溶接を習ったから、炎で焼ききってみよう」

本気のようだ。

「だめだよ。厚さが五センチはありそうだし。それに、中に紙幣が入っていたらどうする？　燃えちゃってもいいのか？　家まで燃えちゃうかもしれない」

「じゃあ、あれごと取り出すか？　外に出してからこじ開けるっていうのは？」

「いいねぇ」ボブはグレッグのばかげた提案にうんざりしながら答えた。「よし、じゃあ、屋根に穴を開けて、そこからクレーンで吊ろう。せいぜい五百キロくらいだろうからな」

ローラが発言した。「ねえ、ハリーはわざとすぐには見つからないようにしたんじゃないかしら？　金庫を見つけても、すぐには開けてほしくなかった。だから……もしかしたら……ううん、きっと……番号は詩の中にあるはずよ」

グレッグはボブを見た。ふたりとも同じことを考えていた。

「よし、本を持ってきてくれ。俺はメモ用紙を取ってくる。みんな、キッチンに集合だ」

解けていない詩の中から、宝の番号が入っているものを見つけるのは簡単だった。

「絶対これだよな、金の詩」グレッグがつぶやくように言った。「そんなに複雑な詩でもないから、四人で知恵を絞ればすぐに解けるさ」

全員が着席したところで、グレッグはゆっくりと朗読し始めた。

隠された金

ことのおこりは、私がたまたま盗み聞きした物語、
のちの世のため隠された、宝物がどこかにどっさり。

いったいそれは夢かまことか？　ほんとうならばこりゃびっくり、
えらい王様になれるくらいの金貨の山が、ざくりざくり。

残らず持ってるものを集めてオークションでたたき売り、

なにはともあれそれを元手に、さがしにいこう、宝狩り。
顔つきいやしく、健康うしない、体もすっかり疲れきり、
おいぼれようとも幸せなのかも、宝物が見つかる限り。

みごと失敗？　いや、本物の宝の山はここにあり、
よく見りゃすぐそこにあるのが、宝の正体だとわかり。

「四人でこれひとつに集中すれば、きっとすぐにわかるわね」ミッシェルが言った。

本は二冊あった。気づいたのはグレッグだった。「わかったかも……うん。わかった——前のあれと同じだ。あれだよ、あの、『いとようじ』と。各行の最初の字を拾うんだ。『このいえのなかおみよ』。やっぱりな！」

「やっぱりって、なにが？」ミッシェルが怪訝《けげん》そうに言った。

「この家にお金があるってことだよ。この家を見てみろって言ってくれてるじゃないか」

「ねえ、ぜんぜんそういう意味じゃないと思うんだけど」ミッシェルが言った。

ローラも賛成した。「わからない、グレッグ？　これは比喩よ。詩を読んでみて。宝探しなんかして人生を無駄にするな、人生のほんとうの豊かさとは家庭の幸福にある、って書いてあるのよ」

「それはわかるけど。でもやっぱり、そうじゃないようにも読める。まあ、手紙を見てみようじゃないか。金庫の番号が書いてあるかもしれないからな。とにかく、確かめてみよう」

ボブはラップトップを取りに車まで走った。彼が戻ると一同はパソコンの周りに集まって小さな画面を見つめた。

ディア・エミリー

自分にとっていちばん大切なものはなにか、いつも考えてください。簡単そうだけど、これが意外と難しい。生きていくうちにはいろいろな問題にぶつかるだろうけど、大した問題ではないことも多いのです。それに気づくのが早ければ早いほど、人生は楽しくなります。では、どうしてそう思うのか、お話ししましょう。

結婚の日取りが決まると、キャサリンは自分の花嫁衣裳をデザインし始めた。それからサンフランシスコまで行って、シルクのサテンを買ってきた。金糸で花柄の地模様が織り込まれているアイヴォリーの布地。彼女は時間をかけて丹念にドレスを縫っていった。それがほぼ完成したころ、彼女のお母さんが訪ねてきた。このお母さんという人は、なんでも自分で仕切りたがる人で、自分の娘には純白のウエディングドレス以外は着せないと言いだしたんだ。私はキャサリンに自分の意志を通せ、自分の結婚式なのだから、自分の着たいドレスを着るべきだ、と意見した。キャサリンは自分が正しいと思ったら、自分の意見を引っ込めるような人じゃない。だから、彼女がなんの反論もしないことに、私は戸惑《とまど》った。私が彼女を応援すると言い張ると、彼女の答えはこうだった――人生にはどうでもいこともあるのよ。たかがドレスじゃない、結婚式に小麦を入れるズダ袋を着ようと、私たちが夫と妻である限り、私は幸せなの。

　結婚式の当日、彼女は純白のウエディングドレスを着た。せっかくその日、彼女から大切なことを教わったのに、私がその教えを完全に理解するのには何年もかかってしまった。じつはね、エミリー、キャサリンに敬意を表するためにも、私はミッシェルにはぜひ、あの金のドレスを結婚式で着てもらいたかったんだ。ところが、ミッシェルは私にはなにも告げずに駆け落ちしてしまった。私は怒り狂ってね、その後何か月もミッシェルとは口もきかなかったよ。でも長い長い時間をかけて、ようやく悟ったんだ――私はあのときのキャサリンの母親とおなじくらいのわからず屋だったと。結局、ただのドレスじゃないか、と。

　私はいつもいつも、ミッシェルに悪かったと謝りたい気持ちでいました。でも、できなかった。時間がたてばたつほど、言いだしにくくなってね。どうか、君もこの私の過ちから学んでください。もし、だれかを傷つけてしまったら、すぐに謝って、先に進んでください。時がたてばたつほど難しくなるものですから。

　驚いたことに、キャサリンは結婚式の日に着たあの白いドレスを他人《ひと》にあげてしまいました。ウエディングドレスを必要としている友人に、貸してあげるのかと思ったら、返さなくてもいいと言ったのです。ところがあの金のドレスは大事にとってありました。たぶん、彼女にとっては金のドレスこそ自分の花嫁衣裳だったんだろうね。時々出しては着てみていたけど、普段はていねいに箱に入れて、クロゼットのいちばん上にしまってありました。

ところで、そのドレスの一部を私は君にあげました。あの本のカバーを見てごらん。君のおばあさんの愛したドレスをおじいちゃんが切ってしまったなんて言ったら、ボブとミッシェルは縮み上がるかもしれないね。もしふたりがそうなったら、どうか君のそのかわいい腕をふたりの首にまわして、ぎゅっと抱きしめて、言ってあげてください。おじいちゃんはこの歳になってようやく、これがただのドレスだとわかったのだと——じつはどうでもいいことなのだと。

君にはすばらしいおばあさんがいました。君にも会わせてあげたいな。

愛をこめて、ハリーおじいちゃんより

「私に着てもらいたかったなんて、知らなかった。言ってくれれば、私だって。パパ、ごめんなさい」ミッシェルはささやいた。

「謝らないで」ローラが答えた。「あなたは知らなかったんだから」

「どうして駆け落ちなんてしたのさ?」ボブがきいた。

「ボブ?」ローラは彼の言葉にグレッグとミッシェルが腹を立てませんようにと祈った。

「いいのよ、べつに。パパがグレッグのこと嫌ってるみたいだったから」

「実際、嫌ってたんだ、俺のこと」グレッグが言った。

「ええ、ほんとうに」彼女はほほ笑んで話した。「私も若かったから。びくびくしてたのよ。もし、パパに話したら、もうこれっきりになっちゃうんじゃないかって。つきあい始めてまだ何週間かってころだったのよね。それで、駆け落ちしたの」

「べつに責めてるわけじゃないけど、おかげであのあと俺には話し相手もいなくなった」

「なあ、思い出の小径《こみち》の楽しい散歩を邪魔するつもりはないけど、忘れないでくれよ、金庫の番号はまだわかってないんだ」

ミッシェルはグレッグのこの冷たい発言にあきれた顔をして見せた。ボブは彼の言うとおりだと思った。

その肝心の問題を思い返しているうちに、ローラにある考えがひらめいた。「ねえ、空港からの帰り道で読んでくれた詩があったでしょ? あのパスワードは数字をあわせたもので、それに、詩の題名も『数に頼めば道はひらく』でしょ? あれって、『金庫は開く』ってことじゃない?」

ボブは目を見開いた。「それだよ、ローラ」彼は彼女の洞察力に舌を巻いた。すぐにその詩のページを開いた。数は二と十と八十二。

「だめだ」ボブはまた椅子《いす》に腰かけて言った。

「どうしてだめなの?」ミッシェルがきいた。

「数が大きすぎる。ダイヤルには82なんてないんだ。いい考えだとは思ったけど」

それでも確認のために、グレッグは金庫まで走っていって、2と10と8と2でやってみた。扉はびくともしなかった。

「ごめんなさい」キッチンテーブルにとぼとぼと戻ってきたグレッグにローラは謝った。「大した思いつきじゃなくて」

「思いついただけ偉いわよ」ミッシェルが言った。「こうなると、どこかほかの詩にあるかもしれないわね」

疲れてきたが、四人は手がかりを求めて残りの詩をあさり続けた。さらに三十分たって、ローラは腕時計をちらっと見た。あと二時間したらエミリーを迎えにいかなければならない。ミッシェルが沈黙を破った。「わかったかも」

「ほんとうか?」グレッグは興奮して目を見開いた。

「お目当てのものが出てくるかどうかはわからないけど、文法の詩があったでしょ――二十二ページ。よくできてるわね、ほんと」彼女はみんなに読んで聞かせた。

作家のジレンマ

正しい英語は大事だと、両親がぼくに教えてくれた。

大学へ行くにも就職するにも、役に立つよと言ってくれた。

信用してないわけじゃない、腹を立ててるわけでもない、
正しい英語と言われても、どうもぼくにはわからない。

自分の意見をつたえるために、さがす言葉の選択肢、
ただ混乱しちゃう、あの名詞は、抽象名詞？　普通名詞？

ふたつくっついてひとつになるのは、接続詞っていうんだっけ？
虚辞は正しく使ったところで、いったいどんな意味だっけ？

単語には、そう、性別もある、姉とか、伯母とか、紳士用トイレとか。
もしまちがえたら訴えられる？　これもセクシャル・ハラスメントか？

副詞を誤用してホラをふくし、形容詞にはすぐ迷うし、
*懸垂分詞がぶらぶらしてたら、あわてて医者を呼んじゃうし。

苦しい立場をわかってほしい、ばかみたいだと思わないで。
最善策は、黙ること、ひとことも口に出さないで。

されど文法、なにごとも、やればやるだけわかってくる。
謎を解くにはまずこれを、ゆっくり読んで考える。
明日はやがて今日になる、今日もやがて終わるのだから、
終わったことは終わったこと、わからないのはじのせいだから。

*〔意味上の主語が文の主語と異なるから文法的にはつながらないはずなのに、そのまま用いられる分詞〕

「それで、パスワードは？」グレッグがきいた。

ミッシェルは自分が発見者となった喜びにぞくぞくしていた。「これは文法についての詩で、謎の答えは最後の連にあるってわざわざ教えてくれてるじゃない。パパったら、なんて頭がいいの」

「ミッシェル、それで、答えは？」グレッグはもう待ちきれなくなっていた。

「いい？　ほら、わからないのは『じのせいだ』って言ってるでしょ。わかる？　時制よ。三つの時制を答えればいいの——学校の文法の授業で習った、あれ——『明日は今日になる』は未来、『今日も終わる』は現在、『終わったことは終わったこと』は過去」

ボブは「未来」「現在」「過去」と入力した。正解だった。ファイルはすぐに開いた。彼は画面をミッシェルに向けて、彼女に朗読させた。

ディア・エミリー

今日は希望と夢と現実と選択について話したいと思います。おとなに近づくと、だれでも人生設計を立て始めるものです。いろいろな夢が花開いて、大きくなっていく。これはいいことです。夢がなくては希望もなくなってしまうからね。ただ、いろいろな夢のバランスを保つことを忘れないでください。

というのも、夢の中には実現できるものもあるけど、しぼんでしまうものや変わってしまうものもあれば、目の前でこなごなに砕け散ってしまうものもあるからです。生きていくうちにはひとつやふたつ、夢を手放す必要もでてくるでしょう。でも、そうすることで、ほかの可能性が開けてくるかもしれないのです。

若いころ、私は詩を書くことが好きでした。いつごろから書き始めたのかは覚えてないけど。詩はいつも、まるで私という人間の一部のようでした。私は人に面と向かって自分の気持ちを伝えることが苦手なので、詩は心の奥底を表現する格好の手段だったのです。

大学を卒業すると、私はテキサスのエル・パソにある新聞社に就職しました。私たちは全財産をおんぼろ車に詰め込んで、テキサスへ行き、新生活をスタートさせました。ところが、たった二か月で新聞は廃刊となり、従業員は全員が一時解雇となってしまいました。私は別の新聞社に当たってみるつもりだったけど、そう何社もあるわけじゃない。それでも就職活動を始めようとしたそのとき、今まで書きためてあった詩をまとめて出版社に送ってみてはどうかとキャサリンが勧めてくれたのです。

じつは白状すると、私は子どものころから有名な作家になるのが夢でね、彼女が私の才能を信じてくれたから、自分でもすっかりその気になってしまったんだ——興奮と不安を同時に感じながらも。キャサリンが昼間は秘書の仕事をして、夜は仕立屋をして生活を支えてくれているあいだ、とにかく私は昼も夜も一日中、最初の詩集に収める作品を書いていました。

心血注いだその本が完成したときには、ほんとうに誇らしかった。それだけに、最初に不採用の通知を受け取ったときにはすっかり打ちのめされました。胸の奥に秘めた夢や希望や願いを世間に公表したとたんに、踏みつけにされたのだから。不採用通知が一ダースにもなったころには、私の感覚は完全に麻痺《まひ》していました。二ダースほど不採用通知がたまったところで私は、裏庭のポーチに座って自分の人生の優先順位を再検討してみたのです。といっても、それは容易なことじゃない。女優は何年端役を務めたら主役を射止める夢をあきらめるのだろう？　バイオリニストは何回オーディションに落ちたら交響楽団の一員にはなれないと悟るのだろう？　ダンサーはいつになったら若い子達のしなやかな動きにはとてもかなわないと悟って、舞台を降り、ダンスシューズを脱ぐのだろう？

私はそのとき、ようやくキャサリンのことを、キャサリンの夢のことを考えられるようになりました。キャサリンの夢——アーチ型のドアのついた、煉瓦造《れんがづく》りの家に住むこと。庭には木の葉が風にそよぎ、夕刻になると前庭に面したポーチに座って、通りがかった近所の人たちに手を振ること。

今のままでいたら、その夢はかなえられそうにない——そう思って、結局、私はレイクパークの広告会社に就職しました。ふたりで一セントの無駄遣《むだづか》いもしないでがんばったら、あっという間にミッドバレーに家を建てられるほどお金が貯《た》まりました。弟のアーティが手を貸してくれて、ふたり並んで金槌《かなづち》を振り上げ、家はどんどん形をなしていきました。このお返しに、アーティが結婚した暁には、家を建てる手伝いをすると約束したのに……弟は、その三年後に製錬所の事故で亡くなりました。

あのとき、最初は、詩人になりたいという大きな夢を小さな夢のためにあきらめてしまったような気分でいました。でも、キャサリンが前庭のポーチに座って、縫い物をしたり、近所の人に手を振る姿を眺める日々を過ごすうちに、こっちのほうがずっと大きな夢だったのでは、と思えるようになったのです。

君も夢を追ってください。最高の選択をしてください。自分の選んだ最高の道を進んでいるのだと気づいたときに、平和は訪れるものだから。君の旅は君だけのものです。ほかの人にとっての栄養は、君にとっては毒となるかもしれない。いつまでも夢を抱き続けてほしい、でも、自分の選んだ道に満足することも大事です。

今日の話の締めくくりとして、ひとつ言っておきたいことがあります。私はその後ついに、自分の作品を世に出したのです。「オルソップ&マーティン広告」で働いているとき、私はアメリカ中に支店をもつような大会社の広告もいくつか担当しました。エミリー、まさか、君のハリーおじいちゃんがあの「ウィリーズのワッフル、パワフル、ワンダフル」というキャッチコピーを考えただなんて、想像もしなかっただろう？　ひとつのレストランで、あれだけ長いあいだ同じポスターが使われたのは、我が社始まって以来の快挙でした。

自分の可能性を生きてください。自分の夢に手を伸ばし、成功したときには大いに喜んでください。いつも君を見守っています。

愛をこめて、ハリーおじいちゃんより

まずグレッグが口を開いた。「おかしいよな。どうしてこういうものをエミリーに書こうと思ったんだろう？」

ローラは言い訳したい気分だった。「あのふたりは親友だったから。毎週金曜日にエミリーをここに連れてきてたのよ。近くに住んでたらきっとお宅の子どもたちにも書いてたと思うわ」

「いや、誤解しないでくれ。文句を言ってるんじゃないんだ。ただ、不思議だと思ってさ」

「だれが聞いてもすばらしいアドバイスよね。私も思ってたんだけど、どうして今ごろになって？」

ミッシェルがグレッグの言葉につけ足した。

ローラは思った——それはたぶん、ハリーだから。わかってもらうにはこうするしかなかったのかも……。

「それにしても番号はなかったな。さあ、どうする？」

「グレッグ！」ミッシェルが叱りつけた。

「ここまで来たんだからやるべきことはやろうと思ってさ」

ローラはまた時計を見た。「ねえ、みんな、続けててくれる？　ちょっとサブウェイまで行ってサンドイッチでも買ってくるわ」ボブはそれがいいと賛成した。朝食をきちんととっていなかったので、彼はおなかがペコペコだった。

「サブウェイ」はすぐ近所だった。金曜日にハリーの家を訪問したあと、エミリーとよく立ち寄っていたので、お店で働いている女性ふたりとも名前は知らないまでも顔なじみになっていた。ひとりに注文を言うと、もうひとりがサンドイッチを詰め始めた。待っているあいだ、ローラは考えていた。「金」が出てくる詩はもうひとつある。それかもしれない。私たちに金庫を見つけさせたかったのなら、詩の中で隠した場所を教えてくれているかもしれない。

「十八ドル九十セントになります」ローラは我に返ってバッグをさぐり、二十ドル紙幣を取り出した。

「これでお願い」彼女はそう言うとレジの女性にお金を渡した。

「ありがとうございます」彼女はレジスターを打って、お釣りを取り出した。ふつうレジ係がするように、彼女もまず合計金額を言って、足し算しながらローラの手にお釣りを渡していった。

「合計で十八ドル九十セントですから、これで十九ドル、それにこの一ドルで、二十ドルですね」

どこかで聞いたことのあるような言葉だ。

「今なんて言った？」

「すみません、まちがえました？」彼女はローラの手からお釣りを取り戻すと、もう一度数え始めた。ローラは心ここにあらずといったようすで、まるで見ていなかった。「合計で十八ドル九十セントです。だから、おつりはまず十セント、これで十九ドル。それから一ドル、これで二十ドル。合ってますよね」ローラは笑った。「もう、ハリーったら、なんて頭がいいの」彼女は声にだしてそう言うと、お釣りをレジ係に返してこう言った。「これは取っておいて。ありがとう、ほんとうに」

家に戻るとボブとグレッグはテーブルに肘をついて、目の前の本をぼんやりと見つめたましょんぼりしたようすで座っていた。ミッシェルは集中力も忍耐力もとっくに切れていて、ただページをパラパラとめくっているだけだった。

「あーら、みなさん、まだ考えてるの？　ふーん……」ローラはサンドイッチを持ってキッチンへ入ってくるなり意地の悪い言い方をした。

「なんだよ？」ボブは訝《いぶか》って、本から一瞬目を上げた。

「答え、わかったわ。サブウェイのレジの女の子がヒントをくれたのよ」

ボブもグレッグもパッと顔をあげた。ボブはまだ戸惑《とまど》っているようだった。「サブウェイのレジ係はハリーと知り合いだったのか？」

「ハリーと知り合いだったのかどうかは知らないけど、答えのヒントはくれたわ」三人は微動だにしないで彼女の話を聞いた。「金が出てくる詩がもうひとつあるでしょ」彼女は本を取り上げるとそのページを探した。「ちょっと待ってね——ほら、この十八番の詩。だれか読んでみてくれる？」グレッグは名乗り出ると、早速読み始めた。

変わらなければ——チェンジが大事——

ニュースを見ていてショックを受けた、
　恐ろしい戦争の惨状、
遠い国の孤児たちの姿、
　貧しい労働者の窮状、
犯罪の増加は止められないのか
　あふれる暴力行為、
人間同士で気にならないのか？
　そんなに「金」がほしい？

すさんだ世界に嫌気がさして、
　ひとり通りを歩く、
信頼は失われ、希望も失せて、
　人心石のごとく、
いつか、よりよい日々へと向けて、
　世界が変わら《チエンジし》なければ。
でも今、大勢が残酷で冷たくて、
　苦痛が我らの相場。

重たい心と魂を胸に、
　通りの向こうを見る、
ホームレスの男が寒さに
　こごえて物乞いしてる。
いつもの私なら、避けて通って、
　見て見ぬふりをする。
ところがなぜだかそっちへ行って、
「なにかわたしにできる？」

静かな声で、目を伏せたまま、
「どうか小銭《チエンジ》をください」
彼の言葉はとどろくこだま、
　奇妙に心を震わす。
「小銭《チエンジ》」というそのひとことが胸に、
　深く、強く、突き刺さる。
「それならなにか食べ物を君に、
　ふさいだ気分も変わる《チエンジする》」

彼と歩いて、食べ物を買って、
ふたりで座って、話す。
「ありがとう、親切にしてくれて。
きっとご恩は返します」
食べ物は五ドル二十五セント、
それだけごちそうした
十ドルだして、「お釣《チエンジ》りはいいよ」と
私はきっぱり言った。

そのひとことが、胸の中から
強く高らかにこだまする。
世界は変《チエンジ》わる、まず私たちから、
鏡の中の目も光る。
私たちの変化《チエンジ》を示す、
魂の光が見える。
それを手本にみんなが目指す、
さらに高いゴール。

キーワードは、そう、とても単純、
でも、とても不思議に響く、
まずわたしたち、次は世界の番、
「チェンジ」ですべてが動く。

「それで？」ボブが言った。「わくわくして心臓が止まりそうだ。サブウェイの女の子がくれたヒントって、なんだい？」

「このあいだちょうどこの詩を読んでたから。お釣りの計算のしかたを聞いてて、ピンときたの」

ボブはまだ混乱していた。ローラは言った。「この詩はチェンジの話でしょ？　自分が変《チエンジす》われば世界はよくなるっていう詩よね。でも、詩の中で男に食べ物を買ってあげる話も出てくるじゃない？　その代金が五ドル二十五セント——彼に十ドル渡して、チェンジ（お釣り）はとっておけって言ってる。ね、やっぱり、この詩はぜんぶチェンジの話なのよ。だからこの中からチェンジ（お釣り）をとってくれば——つまり、四ドル七十五セント、それが答え」

グレッグがポカンと口を開けた。ローラはさらに先を続けた。「ほら、パスワードは数字よ。4、7、5。それでやってみて」

ボブはグレッグを見て言った。「クロゼットまで競争だ」

「よし行こう」

ボブは番号を回してから、しっかりと取っ手をつかんだ。グレッグが懐中電灯を掲げた。ボブは期待をこめて、一瞬間を取り、取っ手をぐいと引いた。動かない。

「もう一度やってみよう」それでも動かない。一同は部屋から出ると、まるでローラが悪いかのようにローラをにらみつけた。彼女はただ肩をすくめた。

「待った！」ボブは両手を上げて叫んだ。「4、7、5は手紙のパスワードだ。どうして金庫の番号だなんて思ったんだ？」彼は急いでパソコンをつけて、ファイルを開いた。

ディア・エミリー

今日はお金の話をしようと思います。

「やっぱりな」グレッグが口をはさんだ。ボブはかまわず先を読んだ。

いつものように、まず私の話から始めましょう。

私がまだ七つか八つの少年だったころ、学校の帰りに野良犬を見つけて連れ帰ったことがあった。ただの雑種だったけど、幼い少年にはすてきな雑種だった。チェスターと名づけたその犬と私は大の親友になり、いっときも離れられない仲になった。私がチェスターと離れるのは、学校へ行くときだけ（でも、一度だけ、学校へ連れていって先生に見つかり、親に連絡されてしまってね。家に帰ってからたっぷりお仕置きをされ、もう二度と学校へは連れていきませんと約束させられました)。

そんなある日のこと、チェスターの右目の下に小さな腫れ物が見つかった。何日かたつと、毛の中や、耳の回りにも腫れ物が出てきた。父が野良犬にお金をかけてくれるとは思えなかったので、私はひとりでなんとかしようと、毎日チェスターの腫れ物を石鹸《せっけん》で洗った。けれど、症状は悪くなる一方で、ついに父にお願いするしかなくなった。私がよほどせっぱつまった必死の顔をしていたのだろうね、父はなんの文句も言わずに、私を見て、それから犬を見て、すぐ犬を車に乗せるようにと言った。

私たちは獣医のいる町まで車ででかけていった。獣医は腫れ物をひと目見ただけで、原因がわかったようだった。戸棚から薬――私の犬の病気を治してくれる薬――をひと箱取り出すと、とくに心配する気配も見せずに、最初の三週間は朝晩一錠ずつ、その後三週間は朝だけ一錠飲ませるように、そして、六週間たっても症状がよくならないようならば、また連れてくるようにと言った。

私はうれしくて身震いしてしまった。ぼくの犬は大丈夫だ。その晩さっそく、最初の一錠をやり、翌朝登校する前に、二錠目を飲ませた。その日、私はあわてて学校へでかけたので、薬の箱を引き出しの中にしまわずに、机の上に出しっぱなしにしてしまったんだ。きっとおいしかったんだろうね、少なくとも、犬には。その日の何時ごろかはわからないけど、チェスターは、机の上に飛び乗って、箱を噛《か》み切ると中の薬を一錠残らず食べてしまった。

学校から帰ってみると、私の部屋の床でチェスターは眠っていた。そして、二度と目を覚ますことはなかった。少しずつチェスターを治してくれるはずだった薬は、一気にチェスターの命を奪ってしまった。

悲しい話をしてすまなかったね。でも、この話は私たちの生活のいろいろな面に当てはまります――お金のことにも。お金は薬と同じように、私たちの生活を豊かにするために使うこともできるけど、愚《おろ》かな使い方をすると、かえって命取りになることもあるのです。

お金は良くないもの、邪悪なもの、と考える人も大勢いる。でも、それはちがいます。たくさん持っていれば幸せになれる、と考える人もいる。それもちがいます。周りの人より多く持っていれば自分のほうが上だと信じている人もいる。それもまたちがいます。でも、ここが難しいところなんだけど、私たちは食べていかなければなりません。お金は物を手に入れる手段であり、その目的のためには大変役に立つものなのです。お金そのものは良いでもなく、悪いでもなく、ただ、私たちのくらしを支えてくれるものの一部なのです。

では、難しい質問をするけど、いくらあれば充分だろうか？　もし、父親がずっと家にいて子どもたちと遊んでばかりいるとしたらどうだろう？　子どもたちはすぐに飢えてしまう。なぜなら食べ物を買うお金が無くなってしまうから。では次に、同じ人が、食べ物を買うお金を稼ぐために、四六時中働いたとしよう。子どもたちは食べるものには不自由しないだろうけど、今度は父親の愛情に飢え、父親を求めることになる。このふたつのあいだのどこかに、ちょうどよいところがあるはずです。君にとって、それはどこだろうね？　私には答えてあげられない――答えられるのは君だけです。どうか、こうしたジレンマにいつも目を向け、そして、自分で答えを見つけてください。

エミリー、君にプレゼントがふたつあります。まず、君の読んでいる詩の本を手にとって、裏表紙の内側に結んであるひもをほどいてごらん。内側の板がはずれて、金貨が出てきます。その金貨は君にあげよう。これはこの先君が追い求めていくお金や宝物の象徴です――新品で、輝いていて、価値のあるもの。この金貨の使い途《みち》は君が決めてください。選択肢はたくさんあります。とっておくこともできます。そうしたら、金貨は色褪《あ》せて光沢を無くすかもしれない。あるいは、もっと価値が上がるかもしれない。もちろん、使うこともできます。なにかいい物を買えば、生活がもっと心地よく、もっと楽しいものになるかもしれない。うまく投資することもできます。そうすれば、百倍にも増えるかもしれない。でもゼロになってしまって、あとになにも残らないというハメになるかもしれない。困っている人にあげて、その人の重荷を軽くしてあげることもできます。

金貨の使い途《みち》と同じように、人生の選択肢もたくさんあります――慎重に選んでください。選んだ道がどうなるかを考えてごらん。何年にもわたって、何千回もの選択を重ねると、そのすべてが君の人生観を映し出すことになるのだから。

さて、ここで覚えていてほしいいちばん大切なことを言います。人生の選択は、裕福か貧乏かではありません。有名か無名かでもありません。善か悪かです。これが理解できたら、君の幸福が物に左右されることはなくなると思います。というのも人生とは皮肉なもので、世界一のお金持ちと世界一の貧乏人が、神様の前ではまったく同等の位置にまったく同じ分量だけ身につけて並んで立つということになるのだから。

さて、プレゼントは金貨一枚だけではありません。信じられないほど豊かな財産をあげましょう。それはクロゼットの床下の金庫に隠してあります。本に隠されていた金貨よりもっと価値のある宝があるはずです。私の言葉を噛《か》みしめて、どうか、賢い選択をしてください。

愛をこめて、ハリーおじいちゃんより

おっと、忘れるところだった。金庫の鍵の番号を言います。笑っちゃうかもしれないけど、番号は、1、2、3です。自分でも笑っちゃうけど、これならいくら私でもきっと忘れないからね。

「1、2、3?」グレッグは信じられないといった顔つきで、繰り返した。四人はクロゼットへ向かった。

今度はボブが番号を回して取っ手を引いた。カチャンと言って、扉が動いた。グレッグはみんなとハイタッチをしたい気分だったが、なんとか平静を装った。扉は重かった。一八〇度開ききって、扉を固定させた。ボブの頭越しに明かりを当てていたグレッグの目に、茶色の紙に包まれた箱が三つ見えた。ボブは手を差し入れて、箱を三つとも、軽々と持ち上げた。チラッと見た限りでは、金庫の中身はそれでぜんぶだった。

「札束が入っていればまだいいけど。金貨にしては軽すぎる」とボブが告げた。

グレッグは落胆の色を隠そうと必死だった。ボブはベッドの上の靴を足元のほうへ寄せると、三つの箱を真ん中に置いた。クリスマスプレゼントのように包装されてはいるけれども、紙は無地の茶色い紙だった。ボブは一歩下がって、じっと見つめた。

「開けないの?」ミッシェルがきいた。彼女は箱をひとつ取り上げるとローラに渡した。「いっしょに開けましょう」

ローラはほほ笑んで応えると、ふたりでプレゼントを開け始めた。包装紙をはがすと、中からはセロテープで閉じられた段ボール箱が出てきた。ローラは隙間《すきま》に沿って爪を滑らせセロテープを切り取ると、蓋《ふた》を開けた。中にはほんとうに「金」が入っていた——手の込んだ彫刻がほどこされた金色の写真立てだ。若いカップルの写真が入っている。ローラにはそれがハリーとキャサリンだとすぐにはわからなかった。こんな写真、見たことがない。なんてすてきなんだろう。ふたりともあまりにも若く、ハリーは彼女の知っているハリーとは別人のようだった。ふたりは手をつないでいた。ローラはじっと見つめた。キャサリンはほほ笑んでいて、ほんとうに美しい。

「なんてすてきなの。この写真、見たことある?」

ボブもミッシェルも首を振った。ミッシェルが開けた箱にも同じ写真立てと写真が入っていた。彼女はささやいた。「パパったら、ママの写真はほとんど持ってなかったのに。こんな写真を持ってたなんて。信じられない」

「このフレーム、ハリーが作ったのかしら?」ローラが言った。

「さあ、どうかな」ボブが答えた。

ローラが裏返してみたら、隅にHWとイニシャルが彫られていた。「ほら見て。裏にハリーのイニシャルが彫ってある」

「でもさ、金のお宝はないってこと？」グレッグは落胆の色を隠しきれなかった。

「わからない？　グレッグ？」ローラが答えた。「金の宝はあったじゃない――詩にも書いてあったでしょ――これは別の宝なの。ハリーは私たちに教えたかったんだと思うわ。家族とか、愛とかは金貨よりはるかに価値があるものだって」

グレッグはいちおうその解釈に納得したふりをしてうなずいた。

「待った！」突然ある考えが浮かんで、目を輝かせながら彼は言った。「金庫ってたいてい二重底になってたり、隠し戸がついてたりするよな？」彼は懐中電灯をつかむとクロゼットを調べにいった。

「あきらめなさいよ、グレッグ？　もう金はないわよ」ミッシェルが言った。

「いや、ちょっと待った」彼はクロゼットから叫んだ。「ほらっ、二重底だ！」小さな布のつまみを引っ張ると、フェルトで覆《おお》われた金庫の底板がはずれた。グレッグは飛んできてそれをボブに渡すと、またクロゼットの中に戻っていった。金庫の底に開いた小さな空間に手を伸ばして、二通の手紙を取り出した。さらに手探りしたが、それでおしまいだった。

グレッグはがっかりしたようすでクロゼットからのろのろと出てきた。「手紙が二通。それだけだ」彼はそれをボブに渡すと、最後にもう一度確認のためと言って、クロゼットに戻っていった。

「見てもいい？」ローラはそう言うと、彼から手紙を一通受け取って、封筒を丹念に調べた。黄ばんでぱさぱさになっていたが、それ以外は完璧な状態で保存されていた。キャサリンに宛てたものだが、住所はデンヴァーになっている。封筒から手紙を取り出して、ローラは読み始めた。

ディア・キャサリン

この手紙が着くころには、明るい気持ちになっていてくれるといいのですが。無事にそちらに到着しましたか？　ぼくは自分の想いをうまく表現することができない。それでも今の気持ちをわかってもらえたらと思います。もっと文才があれば、ほんの二言三言でこの胸に燃えたぎる想いを書き表すことができるのだろうけど。

もしかしたら君が永遠に戻ってこないのではないかという気になり、心臓が張り裂けそうです。君が出ていってから、ぼくはずっと苦しんでいます。あんなことを言うなんて、ばかだった。どうして時々こうひどく愚《おろ》かなことをしてしまうのだろう？

君が出ていった晩、玄関ホールの鏡を見つめていたら、鏡の向こうから惨めな顔をした男がひとり見つめ返してきました、が、ぼくにはそれがだれだかわからなかった。ぼくには自分の言ったことを釈明することすらできない。釈明のしようがないから。あのときのあの言葉はぼくではない、別の人間が言ったことだと思ってもらえないだろうか。

戻りたくないと言うのなら、しかたがありません。君がいなくなったのも、すべてぼくのせいなのだから。でも、ここに君がいないと、ぼくという人間は惨めそのものだ。ぼくは震えてしまう、なぜなら、君はぼくのぬくもりだから。ぼくは淋しくてたまらない、なぜなら、君はぼくの友人だから。ぼくは迷子になってしまう、なぜなら、君はぼくの道しるべだから。君はぼくの中にある良いところを、すべて見つけてくれます。たとえどんなに些細《ささい》なことでも。朝には君の笑顔が見たい、夕には君の手で触れてもらいたい。

どうか、キャサリン、帰ってきて、ぼくを許すと言ってください。お返事待っています。

愛をこめて、ハリー

ローラが読み終えてもだれもなにも言わなかった。グレッグでさえ黙って座っていた。ローラが沈黙を破った。「こんな美しい手紙、見たことないわ」

「なんて言っておふくろを怒らせちゃったんだろう?」ボブが言った。「ずっと、ふたりはロミオとジュリエットだったみたいな言い方してたくせに」ボブには母親の記憶はなかった。幼いころには母親の面影を、母親の揺らぐ髪を、母親の輝く笑顔を求めていた。

「私たちの知らないなにかがあったみたいね」ミッシェルが言った。ローラは封筒を表に返して消印を見た。一九六五年五月九日。ミッシェルがそっと言った。「ママが死ぬほんの数日前ね」

「交通事故で死んだんだろ?」グレッグがきいた。

「ええ、公園の近くでね。ここからそう遠くないところよ。前にも言ったでしょ」

ボブも消印を見た。「俺たちもいっしょにデンヴァーにいたんじゃない?」

「デンヴァーにいたなんて記憶はないけど」彼女は答えた。

「あのさ、事故のことで覚えていることをもう一度話してくれない？」

ミッシェルは目を閉じた。「あなたはまだ赤ん坊で。後部座席にいたわ。私はまだ四つだったから。細かいことはなにも覚えてないのよ。夕暮れどきで、なにか言って、笑って、それから車がひっくり返って。それだけ。次の記憶は、家で遊んでる場面だもの」

「その事故の前に、公園で遊んでたって記憶はある？」ボブがきいた。ミッシェルは考え込んだ。

「わからない。でも、遊んでたはずよ、だって、パパがそう言ってたんだもの。でも、正直言って、私は覚えてないの」

ボブとミッシェルに事故のことをきかれると、ハリーは必ず同じ話をした。事故は公園からの帰り道に起こった、と。子どもだったふたりが父親の話に疑問を抱くわけがなかった。

「なにが言いたいの、ボブ？」ローラがきいた。「公園じゃなくて、デンヴァーからの帰り道だったんじゃないかって思ってるの？」

ボブは肩をすくめた。「よくわからないけどさ」

「まさか」ローラは心配そうに言った。「お母さんは一度デンヴァーから戻って、それから事故に遭ったのよ。そうじゃなかったら、ハリーがあまりにもかわいそうじゃない」

「もう一通の手紙はなんだったの？」グレッグが言った。

ローラは封筒を裏返してみたが、開封された形跡はなかった。

「まだ開けてないみたい。見て、この宛て先」

宛て名はキャサリン・ホイットニーとなっていたが、その下の住所の欄には、「天国」と走り書きされていた。

「天国？」ボブが言った。「笑っちゃうね」

「ううん。泣けちゃうわよ」ローラは答えた。「見て。お母さんが死んでから二か月たって出した手紙よ、これ――ほら、この消印」

その手紙はきちんとした住所が書かれていなかったために、郵便局から送り返されてきていた。「天国」という宛て先の下に、大きな赤いスタンプが押されていた――「差出人へ返送――住所不明」

「住所不明？」ボブは自問するようにつぶやいた。「郵便局の人間なら、知っていそうなもんだ」

「開けてみる？」ローラがきいた。

「ああ、開けたって、だれにも訴えられないと思うよ」ボブは皮肉っぽい言い方をした。

デスクにあったペーパーナイフを手に取ると、ローラは封を切って、手紙を取り出した。「私はさっきのを読んで胸がいっぱいだから、とてももうひとつなんて無理。ミッシェル、お願い」

ミッシェルは手紙を受け取ると、そのままグレッグに渡した。彼なら立派に読み通すことができそうだったから。グレッグは肩をすくめてみせると、手紙を読み始めた。

ディア・キャサリン

君が天国にいることはわかっています。君にふさわしいところはほかにはないから。そこにいることはわかっているけど、ぼくがこんなに悔やんでいることを、どうやって知らせたらいいのかはわからない。君が死んだとき、ぼくも死んだ——食事もできない、眠ることもできない。君がいないと、ぼくはやっていけません。

どこに行けば君に会えるのだろう？　会って、どうしても伝えたい、ぼくは……

「ここまでだ——途中で終わってる。自分の名前も書いてない」

「やっぱりデンヴァーから戻れたのかどうか、わからないわね」ローラは言った。「もしそうじゃなかったら——もし、その途中で亡くなったのだとしたら——その後ハリーがどんな思いをしたのか——考えたくもないわ」

四人ともそのことをじっと考えた。

グレッグとボブはまだ調べていない部屋も確認のために探索してみた。が、あとはなにも出てこなかった。ハリーの靴はクロゼットに戻して、きちんと並べておいた。処分するにしても、今日じゃないほうがいいだろう。ローラはミッシェルに腕を回し、挨拶《あいさつ》をすませると先に車で待つことにした。

ボブは気がつくと姉とふたりきりでポーチに立っていた。

「あなたが思ってるほど、悪い家庭じゃなかったのよ」ミッシェルがささやいた。「私たちにはただ、母親の存在が欠けていただけ」

「そうかもしれない」彼は一瞬考え込んでいるようにも見えた。それから、感情を隠すために笑顔をとり繕《つくろ》った。「でもさ、もう終わったから。今さらどうあがいても過去は変えられないもんな」

彼女はボブの目をのぞき込んだ。彼は顔をそむけた。「過去は変えられないわ。でも、ほんとうに終わったことかしら？」

彼は黙っていた。彼女もそれ以上は追及しなかった。

「パパの物を片づけるのに、私たちももう一日いたほうがいい？」

「いいよ、そんな。グレッグは戻りたくてうずうずしてるだろうし？　あとのことはぜんぶ俺たちでやっとくから。欲しいもののリストを送ってくれたら、送るよ」

ボブには欲しいものはあまりなかった。エミリーにいくつかあれば――思い出のために――それだけでいい。

彼は姉を抱きしめて、別れの挨拶《あいさつ》をすると、すでに車で待機しているグレッグに手を振った。ハリーの家に鍵をかける前に、彼はもう一度中に入って、あの金色の写真立てを紙に包み、大事そうに抱えて車に乗り込んだ。

Chapter Seventeen
第17章

エミリーはボブたちが見つけた宝物に大喜びだった。デスクの上の壁にその写真を飾りたいから釘を打ってくれとボブにせがんだ。

ローラはエミリーを二枚の毛布ですっぽりくるむと、隣に横になった。ボブはキッチンにいた。そのとき電話が鳴った。

「もしもし、ボブ？」

「ミッシェル？　今どこ？」

「帰りの飛行機の中。夜の便がとれたのよ。今ね、機内電話でかけてるの。初めてよ、これ使うの。すごい文明の利器だと思わない？」

「なにかあったの？」

「うん、それがね、またパスワードが見つかったのよ。教えてあげようと思って。あなたはいつ戻るの？」

「明日の朝」

「ねえ、ほんとうにもうローラとはだめなの？」

「ミッシェル、人にはそれぞれ事情があるんだよ——自分のことは自分で考えなくちゃ——俺だって自分のしてることはわかってる——そうは見えないかもしれないけど」

こういうことに横から口を出してもしょうがないと、ミッシェルは経験からわかっていた。ボブは彼女に礼を言ってから、パスワードを書きとめた。それからローラと交代してエミリーの横に寝転び、娘にお休みのキスをすますと、ハリーの本を手にしてローラをキッチンへ呼んだ。

「『親の詩』がわかったんだって。やられたよ、これ。じつはなにも隠されてなかったんだ。各連の終わりにある繰り返しの言葉がそのままパスワードになってたんだってさ。どうして気がつかなかったのかな」

ローラは本を開いて詩を読んだ。

親の詩

愛してます、結婚してくれる？

「ぼく」だったのが、「ぼくたち」になる。

ロマンチックな夜、楽しい時間。

ねえ、あなた、できたみたい、赤ちゃん。

「悪いけど、ピクルス切って？」

途方にくれる、あわただしくて。

病院の支払い。子どものミルク代、
娯楽費にあててたお金で、おむつを買い。

　そして時は過ぎ行く……

最初の言葉はママン、パパン。
初めの一歩。お皿はガシャン。
パパにもひと口、はいアーンして、
ほら、お馬だよ、背中に乗って。
ミルクがこぼれた。どなるのはやめよう。
犬の尻尾をひっぱっちゃかわいそう。
今度はあなたがオムツを変えて、お料理もお願い、
スポック博士の育児書がない。
　そして時は過ぎ行く……

ディズニーランドとミッキーマウス、

おままごとしましょ、わたしがママです。

ああ、幸せな日！　すわってごらん、おまる、
ねえ、聞いて！　もうひとり、生まれる。

「おねしょしちゃった」「金魚が死んじゃった」

「かくれんぼよ、パパ。あれ、もう見つかった？」

幼稚園。水疱瘡《みずぼうそう》。

表で石をなげるのはよそう。

　　そして時は過ぎ行く……


歯を磨いたの？　お祈りはしたの？

「お話読んで、三匹のクマの」

早く着替えて。「ねえ、パンツどこ？」

「ママのはさみで床屋さんごっこ」

顔を洗って。涙をふいて。

「耳のうしろがきれいかどうか見て」

学芸会でブロッコリーに変装。

ＰＴＡの会長。

そして時は過ぎ行く……


「お友達のところに行ってきます」「ベッドメイクした？」

「通信簿もらった」「あー、もうまいった」

たくさん笑って、ちょっとだけ泣いて。

プレッシャーに勝つにはどうやって。

ねえきいていい？　赤ちゃんって、どこから——？

ママにおきき、今忙しいから。

「犬が宿題食べちゃった。まだやってないのに」

ガールスカウトのリーダーに。おかげで神経衰弱に。

そして時は過ぎ行く……


「初めてのデートなのに！　着ていくものがない」

美容クリーム。やだ、髪が、天気のせい。

「彼はブラッド、この人はアシュレー」

十二時までには帰れ。「なあに、パパ。それ、命令？」

支払いはどうなってる、いちいちきかないで。

今じゃヘアスプレーを買うのも大缶で。

「パパったらやるじゃん。男って、ほんとに」

「私、選ばれちゃった、ホームカミング・クィーンに！」

　そして時は過ぎ行く……

ほらまた、トイレの蓋《ふた》、開けたまま！
「閉めたつもりだったの、ごめん、ママ」
鼻は大きい、お尻もぶくって感じ、
ママの家系だ、ヘンリーおばあちゃんの血筋。
中年の危機。ズボンがきつくて。
頭が痛いの、今夜はやめて。
「鍵もらって、いい？」　芝刈りは今日中。
新しい友達って？　パパ、ドーンよ、私の親友。
　そして時は過ぎ行く……

大学を卒業、いよいよお前の結婚式か。

スパイクヘアの友達がベストマン？　おい、正気か？

ビッグニュースよ、生まれるの、赤ちゃん。
すごい、もうすぐおじいちゃんとおばあちゃん、
俺も歳だ、どうだったかな、料理のしかた教えたっけ？
ママ、スポック博士の本、もらっていってもいいんだっけ？
家はついに静まった。この詩もいよいよおしまいだ。
子どもはみんな出ていった。さあ、我らが休暇の始まりだ！

ローラが読み終えたころにはボブはすでに手紙を開いてプリントアウトしていた。彼はそれをローラに手渡した。「読む？　それとも俺が読もうか？」
「いいわ、私が読む」彼女は読み始めた。

ディア・エミリー
　親というのは奇妙で不思議な生き物です。自分が小さいころには親は輝いていて、だれよりも強く見える。ところが大きくなるにつれて、そのイメージは崩れていく。思っていたようなヒーローではないことがわかる日が必ずきます。親だって、君と同じで、できることを精いっぱいやろうとしているただの人間なのだと思い知らされる日が、いつか必ず。たぶん、欺《あざむ》かれた、裏切られた、侮辱されたとさえ感じるだろうね。でもどうか、そのときは、エミリー、両親もただの人間であることを許し

てあげてください。それをわかってもらうために、ひとつ、思い出話をします。

君のパパが小さかったころ、たしか、まだ四歳くらいのころ、裏庭で木登りするのが大好きだった。見てるだけでも楽しかった。毎日一枝ずつ高いところまで登れるようになって、自信をつけていく姿は。やがて怖くて登れないほど高い木などなくなった。

ある土曜日のこと、私は家の中で書き物をしていた。と、そのとき、ボブの悲鳴が聞こえてきた。私は身の毛がよだち、椅子《いす》を蹴倒《けたお》してぱっと立ち上がり、裏口に向かって突進した。指を切るか、腕を折るかしたにちがいないと思いながら。外に飛び出してみたら、ボブは庭の隅の柳の枝にぶら下がっていた。当時は今よりも小さかったとはいえ、それでも立派な木だった。たぶんボブは枝から枝へ移ろうとして、足をすべらせたのだろう。足を宙に浮かせたまま、両手でしっかりとぶら下がっていた。その手が今にも離れそうになり、どろどろの溶岩の海の中に落ちていくかのような叫び声を上げている。でもね、エミリー、おかしいことに、それはそんなに高いところじゃなくて、地面からせいぜい二メートル足らずの高さだったんだ。

私は走ってボブの下まで行き、足をつかむと、パパが来たからもう大丈夫だと知らせてやった。私の手を感じ、声を聞いて安心したのか、ボブは手を離して私の腕の中に滑り落ちた。そして、こちらが窒息させられるかと思うほど、ぎゅっと抱きついてきた。まだ四歳だったから、父親の前で感情を隠すようなまねはできない。しばらくして気持ちも静まり、泣き声もしゃくり上げに変わってため息をひとつつくと、ボブは、助けてくれてありがとうと言った。

あのときのボブには、父親はなんでもできると思われたことだろうね。困ったときにはいつもパパがいてくれる、と。それはほんの一瞬のできごとだったけど、私は死ぬまであの一瞬を忘れないだろう。不可能なことはなにもないような気がしたあの一瞬を。私はスーパーヒーローだった。私は息子を救った！

でもね、子どもは成長するものです。時がたてば子どもは大きくなり、その分、木は小さく思えてきます。そして、子どもはすぐに高い枝からも楽々飛び降りることができるようになるのです。

君のパパは十二歳のとき、またあの同じ柳の木で足をすべらせた。でも、今度はその場にいて助けてやれなかったから、落ちてしまった。地面に打ちつけられて、片腕の骨が二か所も折れた。

私は仕事でよその町へ行っていたので、戻ってきたのは翌日になってからだった。ボブは腕を吊って、カウチに座っていた。そして、まだ痛む腕をさすりながら、かつて私が助けてやったあの同じ枝からどのようにして落ちたのかを説明した。ボブはべつにこんなことは言わなかったし、たぶん、考えてもいなかったとは思うけど、私がボブを助けてやれなかったのは事実だ。私はその場にいなかった。ボブは私のせいで落ちたと感じていたかもしれない。あの日、それまでボブの目にピカピカに映っていた私の鎧《よろい》は輝きを失ってしまった。私のせいじゃない。ボブのせいでもない。人生とはそういうものなのです。

親は子どもを助けるために木の下にいなければならないときに、いてやれないこともあるのです。

親だってまちがいを犯す。ときには大きなまちがいを犯すこともある。今はこんなことを言ってもわかってもらえないかもしれないけど、いつか君にも、木から落ちるときにいてくれなかった親を許さなければならないときがきっとやってきます。そのときに許してあげることができれば、親の過ちは気にならなくなり、君の目の中で鎧《よろい》がまた輝きを取り戻すことでしょう。

いつの日か、君にもわかってもらえることを願っています。

愛をこめて、ハリーおじいちゃんより

ローラはボブを見つめた。何分もそうしていたような気がする。やっと、口を開いた。

「大丈夫？」

「なんかさ、ヘンなんだよな。十二歳のとき、確かに俺は木から落ちて腕を折った。ギブスがすごく冷たかったのは覚えてる。友達がよってたかってギブスにサインをして、なんだかすごく偉くて勇敢になった気がしたのも覚えてる。でも、木から落ちたときのことは覚えてないんだ」

声が震えてきたが、ボブはしゃべり続けた。

「なのに、四歳のときにハリーが受け止めてくれたのは覚えてる——不思議だろう？　そっちは覚えてる。はっきりと」

「私がなに考えてるか、知りたくない？」

「なんだよ？」

「この手紙、エミリーだけに宛てて書いたんじゃないわね」

「どういうことだよ？　どれも『ディア・エミリー』で始まってるのは関係ないっていうのか？」

「ただ思ったことを言ってるだけよ。確かに手紙にはそう書いてあるわ。でもよく見てよ、書いてある内容とか、書き方とか。今の手紙だって、直接あなた宛にはなってないけど、でも、なんて書いてあった？　本だって、一冊じゃなくて三冊あるのは、なぜ？　ハリーはあなたに書いたのよ——あなたとミッシェルに。もし『ディア・ボブ』なんて書き出しで始まってたら、頭のヘンなおやじのたわごとだとか言って、あなた、真面目《まじめ》に読まなかったんじゃない？　きっと、ほんとうはこういうことを直接あなたに言いたかったのよ。きっとずっと必死でいい父親になろうとして、あなたに自分の気持ちを——自分のほんとうの願いを——伝えたいと思ってたのよ。でもできなかった。キャサリンを失ったせいなのか、ほかになにか理由があるのか——どうしてかはわからないけど——できなかった」

「あるいはただ単にしなかったのか」

「かもしれない。でも、あなたはずっとハリーに心を許してなかったでしょ？　父親との仲がうまくいかないのは自分にも責任があるって、思ったことない？　たぶん、ふたりの性格が合わさってそうなったのよね——それか、男の人って、自分の気持ちをごまかしすぎるのか。正直言って、どうしてあなたとハリーが話をしなくなったのかはわからない。やっぱり、ハリーはこの手紙に賭けたんだと思うの。ねえ、ボブ、考えてみて。だってハリーはエミリーには直接話せたはずよ——友達同士だったんだから。手紙の宛て名はエミリーにしながら、ほんとうはあなたと話したかったのよ。ハリーはあなたを膝に載せて、目と目を合わせて、あなたがこの先、生きていく上で役に立つことを話そうとした。あなたが自分よりいい人生を歩むようにと。

私のことおかしいって思ってもいいわよ。でも、私にはそう思えてならない。あなた、自分でも気づいてるんでしょ？　お父さんのこと、わかりかけてきたんでしょ？　それで困ってるんでしょ？」

彼はなにも言わなかった。彼女は話を続けた。

「確かにハリーにはいろいろ問題があった。それはまちがいないわ。判断ミスもあっただろうし、そばにいてほしいときにいつもいてくれたわけじゃなかったかもしれない。でも、ハリーはものすごい罪の意識を感じてた。それに、重症のうつ病で苦しんでもいた。彼は彼なりにすばらしい父親だったのよ」

ボブはただうなずいた。彼女は彼の反応を見ながら、その頭の中にまで入り込んで、本心を読み取りたいと思った。彼の肉体を透かして、彼の悩みを理解できればと思った。彼は一瞬彼女のほうを見たが、すぐに顔をそむけて、いつまでもじっと遠くを見つめていた。

Chapter Eighteen
第18章

空港へ向かう車の中で、ふたりはなにも話さず、ぎこちない別れとなった。

「感謝してるんだ。大変なときにずっと力になってくれて」

「エミリーは私たちの娘よ。ハリーはそのエミリーのおじいさん——そんなのあたりまえじゃない？」

「いや、君だからやってくれたんだ」彼は次に言うべき言葉が見つからなかったので、話題を変えた。「ミッシェルと話したんだけど。遺書のこととか、家のこととかはいっしょに解決しようと思うんだ。そんなことで喧嘩《けんか》したってしょうがないしな。どう思う？」

「偉いじゃない。私もそのほうがいいと思う」

彼は黙って立ち上がると、どう話すのがいちばんか考えながら言った。「あのさあ、ローラ……」

「ボブ、私たちのことだったら、もうなにも言わないで。いいから、飛行機に乗って」我ながら冷たい物言いに、ローラは驚いた。ボブは話したかった、説明したかった。だが、彼女の目に浮かんだ表情に圧倒されてしまった。彼は一瞬彼女を見つめ、ひるみ、戸惑《とまど》った。結局、うなずいただけで踵《きびす》を返すと搭乗口に向かった。

うれしくても悲しくても、ローラは人前では笑顔を絶やさないたちだった。ところが、今日はそれができず、自分でもなんだかへんな感じだった。ここ数日、ふたりは無難にやっていた。いや、それ以上だった。彼女もボブもお互いにただ礼を尽くしているというだけではなくて、昔に戻ったようだった。でもこれで期待したら——希望を持ってしまったら——また落胆することになるかもしれない。これ以上の落胆にはもう耐えられない。

悲しかった。ボブが行ってしまうからでも、ふたりの仲がもとに戻らなかったからでもない。初めて自分から希望を放棄してしまったから。クロゼットの中に隠れて鞠《まり》のように体を丸め、エミリーに聞かれないようにタオルを口に押し当ててむせび泣いたことが、今までどれほどあっただろうか？ 電話が鳴るたびに、うれしい知らせかもしれないと期待して突進していったことが、今まで何度あっただろうか？ 今までどんなに惨めだったか。ローラは黙って突っ立っていた——微動だにせずに。アナウンスの声が最終搭乗手続きの案内を伝え、人々がそれぞれの目的の場所に急ぎ足で行き交う中を。悲しい瞬間。空っぽの瞬間。涙の出ない瞬間。現実が彼女から希望を奪ってしまった。

エミリーが寝ると、ローラはハリーの詩の本を開いて読み始めた。孤独ではあったがこの本を見ていると気持ちが安らいだ。空港で感じた虚しさはまだ残っている。でも、それと同時に、ひとりでもなんとかやっていけるという自信も出てきた。ひとりで精いっぱいエミリーを育てていこう。きっとなんとかなる。

そう時間をかけることなく次のパスワードが解けた。「まるでプレゼントね」——「いちばん必要としているときに出てくるんだから。ハリーもそれをねらってたのね、きっと」

彼女はパソコンにその言葉を打ち込んだ。ファイルが開かれた。

ディア・エミリー

いつも最善を尽くしてください。それ以上のことはありません。一日の終わりに鏡に映った自分を見て、今日は精いっぱいのことをしたと思えたら、その先もきっと満足のいく人生を歩めます。話を脱線させるわけじゃないけど、小さいときに聞いたおとぎ話をひとつ、お話ししましょう。それで、私の言いたいことがわかってもらえると思います。

むかしむかし、遠い遠いある国に、王様と三人の息子が住んでいました。王様は年をとってきたので、だれかに王国を譲ろうと思いました。しかし、三人の息子の中のだれを次の王様にすればいいのかわかりませんでした。そこで王様は、三人の知恵と力を試すことにしました。ある日、王様は三人の息子を呼んで、こう言いました。

「この王国のいちばん北のはずれに、大きな山がある。この国でいちばん高くて立派な山じゃ。その山のてっぺんは雲の上にまで届いている。というのはわしも若いころにあのてっぺんまで登ったから知ってるんじゃが。じつは、てっぺんには世界でいちばん古くて、いちばん高くて、いちばんじょうぶな松の木が何本も立っている。それはそれはみごとな松じゃ。お前たちがこの国を治めるだけの知恵と勇気と力をもっているかを試すために、これからひとりずつあの山の頂上まで行ってもらおう。そして、頂上に生えているいちばん高くて大きな木から枝をとってくるのじゃ。いちばん大きな枝を持ち帰ったものに、この王国を治めさせることにしよう」

さあ、だれが勝つでしょう? まずはいちばん上の息子が食糧をかついで山へ向かいました。王様と弟たちは待ちました。一週間が過ぎ、二週間が過ぎました。三週間が過ぎようとしたある日、いちばん上の息子は王国へ戻ってきました。彼はできるだけのことをして、王様に大きな枝を持ち帰りました。王様はニコニコ顔で、よくやったと息子を祝福しました。

つぎは二番目の息子です。彼はもっと立派な枝を持ち帰りますと誓って、テントと食糧をかついで出発しました。一週間がたち、二週間がたち、三週間がたちました。王様は息子の帰りを待ちました。四週間、五週間、そして、旅立った日から六週間がたとうというころ、やっと、二番目の息子は帰ってきました。出迎えた人々には遠くからでも二番目の息子がかついでいる巨大な枝が目に入りました。たぐいまれなる努力の結果です。王様はうれしくてうっとりとしていました。そして、いよいよいちばん下の息子に向かって王様は言いました。「さあ、お前の番だ。兄たちよりも大きな枝を持って帰れるかな?」いちばん下の息子の不安な気持ちはだれの目にもはっきり見て取れました。

そうです、彼は三人の兄弟の中でもいちばん小さかったのですから、かなうはずがありません。末の息子は王様に、どうか王国はいちばん上のお兄さんにあげてくださいと頼みました。しかし王様は、とにかく挑戦だけはしてみなさいといいました。いちばん下の息子はしかたなく、荷物をまとめると、山を目指して出発しました。二週間たち、四週間がたちましたが、息子からはなんの音沙汰《おとさた》もありません。八週間、十週間、十二週間がたちました。そしてとうとう、十四週間がたったある日、王国に帰ってくるいちばん下の息子の姿を見かけたという噂が王様のもとに届きました。

期待に胸をふくらませた王様は、王国中の人々に、息子の帰還を出迎えに集まれとおふれを出しました。というのも、この息子が戻ったら、ただちに次の王様を決めることにしていたからです。ところが息子はうなだれて、地面に目を落としたまま、王国に帰ってきました。全身ほこりだらけ、服はぼろぼろでした。王様の前に進み出たその姿を見ると、挑戦すらしなかったように思われました。いちばん下の息子は枝を一本も持ってこなかったのです。彼は目を上げて王様を見つめながら、小さな声で言いました。「私はお父上のお言いつけをはたすことができませんでした。どうか、兄上を王様にご指名ください。兄こそ王にふさわしい人物です」王様が話し始めると、一同はしいんと静まりました。「息子よ、お前は挑戦すらしなかったのか？　どうして枝を持ち帰らなかったのだ⁉」

息子は目に涙をためて、こう言いました。「申し訳ありません。お言いつけにそむくつもりはありませんでした。言われたとおりにやろうとしたのです。何週間も歩いて王国の北の端まで行きました。たしかに大きな山はありました。お言いつけどおりにその山に登りました。何日も何日もかかって、やっと頂上にたどり着きました。お父上が若いころに行ったとおっしゃったあの頂上に。いっしょうけんめい探したのです。お言いつけどおりに。でも、頂上には木は一本も生えていませんでした」

今度は王様の目に涙があふれました。王様はいちばん下の息子にやさしく言いました。「お前の言うとおりだ。あの山の頂上には木は一本も生えていない。さあ、これでこの王国はすべてお前のものじゃ」

エミリー、いつも最善を尽くしてください——正直に、自分のできる最高の努力をしてください。そうすれば、最後にはきっとたっぷりとごほうびがでるはずです。

いつも君のことを思っています。

愛をこめて、ハリーおじいちゃんより

「私たちも、いつもあなたのことを思ってます。おやすみなさい、ハリー」ローラはそっとささやいて、寝室へ向かった。

Chapter Nineteen
第19章

ボブは二週間戻ってこなかった。一度、留守電に今週末は帰れませんというメッセージがあった。でも、声の調子が暗かったので、こちらからかけ直す気にはならなかった。「喜び」の詩のパスワードがわかったときにも、電話はしないで、紙に書いてボブとミッシェルにファックスで送った。ボブはそれにも返事をよこさなかった。

ほんとうに美しい手紙だった。ローラは部屋にいるエミリーを呼んで、カウチに並んで座るといっしょに手紙を読んだ。

ディア・エミリー

悲しみのない人生などありません。悲しみは人生にはつきものです。ときには打ちのめされることもあります。でも、神様はちゃんと見ていてくれる。天秤が悲しみのほうにばかり傾かないように、喜びも経験させてくれる。喜びを探してごらん。喜びを胸に刻んで、できることなら、自分で喜びを作りだしてごらん。そしてどんな喜びであろうと、それをいつまでも大切に抱きしめていてください。

喜びは人それぞれちがう。男と女とでちがうこともある。夫と妻とでもちがう。一瞬だけやってきて、すぐに立ち去ってしまう喜びもある。喜びさえ訪れれば、人生は特別なものになるでしょう。では、私にとっていちばん忘れられない喜びの瞬間の話をしましょう。

あれは結婚してからもう何度目かのクリスマスを迎える直前のことだった。喜びと祝福のとき、楽しい休暇が目前に迫っているときに、キャサリンはおなかにくる流感にかかってしまった。病気になるだけでも惨めなのに、クリスマスでごちそうがたくさん並ぶ時期だったから、いっそう惨めだった。クリスマスが大好きな彼女が、この特別な日にベッドに寝ているなんて、私だって見ているだけで辛い。なんとかしてやりたくて、ワシントン先生に電話をして、診察してもらうことにした。彼女は診察に行く日の朝も吐いてしまって、病院へ行く時間になっても気分が悪くてとても行かれないと言い張った。気分が悪いからこそ行くのだと私は説得して、彼女を温かくくるんで車に乗せ、慎重に慎重に運転していった。診療所は混んでいた。当時はみんなそうだったけど、キャサリンの診察中は、私は待合室の椅子《いす》に座って待つことになった。ようやく先生が待合室に顔を出して、私を診察室の中へ招き入れたときのあの心配そうな顔つきは今でも忘れられない。入っていくと、キャサリンは服を着て、診察台に座り、ひどくげっそりして見えた。先生は私たちに厳粛な声で話し始めた。

「では、ハリー。ふたりそろったところで、よく聞いてほしい」彼は真剣だった。「いくつか検査をしたんだが、今のところ、キャサリンの症状は治せそうもない。もう何週間かは、もっと気分が悪くなるかもしれない。でも、そのあとは回復していくはずだ。四週間後にまた来てくれ」

キャサリンは弱々しく言った。「じゃあ、クリスマスまでに治ることはないんですね?」

「ああ、そうだね、残念ながら」

「先生、彼女の病気はなんなんですか?」

彼はため息をつくと、私の目をじっと見つめてからこう答えた。「ハリー、だから、キャサリンの隣に座ってくれと言ったんだよ。彼女の具合が悪いのは、君のせいなんだから」

「ぼく? でも、ぼくはどこも悪くない」私にはわけがわからなかった。

「そりゃあ、君はどこも悪くないだろう。そういうもんだよ」先生の心配そうな顔つきが笑顔に変わった。「ハリー、おめでただよ!」

白状すると、最初はショックだったよ。でも、エミリー、あのときのキャサリンの目を見せたかった。彼女は最初は笑って、それから泣いて、そして、診察台の上に吐いてしまった。

さっき私は私の喜びの瞬間について話そうと言いました。でも、今の話はキャサリンの喜びの瞬間じゃないかと思われるかもしれないね。でも、そうじゃない。医者におめでたを告げられたときの彼女の目、彼女の涙、私の手をつかんだ彼女の指に流れるエネルギー、あの瞬間は、永遠なる喜びの瞬間として、私の心に刻まれた――キャサリンの幸せが、私の喜びとなったのです。

キャサリンはその後も相変わらず午前中はずっと吐き気をもよおしていたけど、その年のクリスマスはキャサリンのそれまでの人生の中でいちばん大きな喜びに満ちていました。そして、七か月後に、君のおばさんのミッシェルが生まれ、私たちは家族となったのです。

エミリー、喜びが訪れたときには喜びをしっかり噛《か》みしめてください。そして、その喜びをほかの人とも分かち合ってください。

愛をこめて、ハリーおじいちゃんより

エミリーは手紙に慣れてしまったのか、読み終えてもなにも言わなくなった。ちょっと考えてから、ローラのほうを向いて言った。「もうお部屋に行って遊んでてもいい？」

「いいわよ」

彼女は階段を駆け上がる前にきいた。「このパスワード、もうパパに教えてあげた？」

「ええ、ファックスでね」

「パパからお返事あった？」

「まだよ。でももうすぐ来るでしょう。今、お仕事がすごく忙しいみたい」

エミリーはローラの言葉を素直に受け取った。もしかしたらエミリーは親が思っている以上のことをわかっているのかもしれない。もう話す時期ではないだろうか？　いちばんいいタイミングを見計らわなくては。こんなにすばらしい喜びの話を読んだ今は、そのときではないと思った――金曜日まで待とう。もし金曜日までにボブから電話がなくて、どう話したらいいかを相談できなかったら、自分だけで、この状況をエミリーに説明しよう。ボブは怒るかもしれないけれど、しかたがない。

彼女はハリーのアドバイスを取り入れて、自分の力でできる最善を尽くして山を登ることにした。

Chapter Twenty 第20章

輝く太陽の光を浴びて、ボブは海岸から戻ってきた。短パンにTシャツ、それにテニスシューズをはいていたが、ジョギングではなかった。彼は車のトランクを開けるとラケットの隣にカメラを置いた。急がなくては。昨日はブランドンにこっぴどくやられたが、今日はストレートで勝ってやる。一旦家に戻ると、キッチンカウンターの上の薬を手に取って、口の中へ放り込んだ。早くしないと遅刻してブランドンに文句を言われてしまう。でも、到着したときにはブランドンはもうコートに出て待っていた。

「どこ行ってたんだ？」

「ごめん、写真を撮ってたんだ」

「そんな趣味あったっけ？」

「ごめんって言っただろう？　カミさんみたいなこと言うなよ」

「疲れてるみたいだけど。大丈夫か？」

「ああ、お前のケツを蹴飛《けと》ばせばよくなる」

「おう、言ってろ言ってろ」ブランドンは話を続けながらサーブを打った。「カミさんと言えば、ローラには話したのか？」

「どうしてそうやって痛いところをついてくるかな？」

「それが俺の仕事だからな」

ボブはサービスリターンに失敗した。次のサーブに備えて少しネットに出た。

「それで？」ブランドンはそうきいてから、ボールを強打した。

「それでって、なにが？」

「いつ彼女に話すんだ？」また痛いところをついてくるサーブだったが、今度は完璧なリターンだった。ブランドンは腕を伸ばしたが、ラケットに当てるのが精いっぱいだった。ボールはネットの上ではねた。ふたりともネットにダッシュした。ブランドンの忠告は友人のものから医師のものへと変わった。

「どういうことなのか、もう彼女に知らせなくちゃ。大事なことだ」

「言おうとは思ったんだ。でも、電話できなくて。妙に緊張しちゃうんだ」

「でもシンシアには話したんだろ？」

「ああ、いっしょにジョギングしながら」

「ローラに電話しろ。ぜんぶ話すんだ」

「そのつもりだよ。ひとつ確認しておきたかったんだ。あの新しい機械でやった検査の結果も同じだったのか？」

「同じだよ。ボブ、彼女にちゃんと話せよ」

この友人の言うとおりだとは思った。なんと言っても彼は医者だから。「明日、弁護士に会うんだ。そのあとで電話する」彼は約束した。

「絶対だぞ。よし、そっちのサーブだ――。ほら、思いっきり打ってみろ」


ボブは手のひらに汗をかいた。「十代のガキじゃあるまいし」彼は受話器を取り上げるとつぶやいた。またローラの電話番号を押した。最後の数字を押したとたんに、受話器を戻して自分を罵《ののし》った。ブランドンの言うとおりだ。彼女にはぜんぶ話さなくてはならない。こんなふうに何日もそのままにしておくなんて、フェアじゃない。どうして話せないのだろう？　なにを恐れているのだろう？

彼はブリーフケースから黄色いメモパッドを取り出すと、テーブルに向かって書き始めた。ハリーが詩や手紙を書いたわけがわかるような気がする。そう考えたら笑えた。自分をハリーとくらべてみる。今となってはそれもいい。前はそんなこと考えてもみなかった。一時間とかからずに、伝えたい言葉ができあがった。うん、やっぱり書くほうが楽だ。このほうがずっといい。

彼は書き終えた手紙をブリーフケースにしまった。あと一時間で弁護士に会う。この手紙をいっしょに出してもらおう。

彼は受話器を取ると、シンシアにかけた。

「もしもし、ボブだけど」

「ああ、だれかと思ったわ。ジョギングこなかったのね」

「ああ、ごめん。今朝もブランドンとテニスをやることになっちゃって」

「そっちをすることにしたの？」

「やつを打ちのめせるならそれも悪くないと思ってさ。あのままやられっぱなしってわけにはいかなくてね。じつは今日電話したのは、やっぱり君のアドバイスに従うことにしたって伝えたくて」

「もう話したの？」

「いや、手紙を書いたんだ。今日、弁護士に渡して、出してもらう」

いつにない沈黙が訪れた。彼女はなにを考えているのだろう？

ようやく彼女が言った。「この先どうなるかわかっているようなことを言うつもりはないけど。手紙にしたのはきっと正解ね。女だからわかるのよ。どっちにしても彼女には知る権利があるわ」

「そうだよな。ブランドンにもそう言われた。明日もジョギングするの？」

「ううん、しばらく休もうと思ってるの。この嵐の行方を見定めてからにする。だって、わかるでしょ？　私の言いたいこと」

「ああ。でもどうせ、ブライトマンのところに行くから」

「そうね、また会えるわね」

Chapter Twenty-one
第21章

ローラとエミリーが帰宅したときには、もう風がだいぶひどくなっていて、あちらこちらに塵《ちり》や木の葉を撒《ま》き散らしていた。ローラはエミリーにミルクを注いでやってから、郵便を取りに郵便受けまでじりじりと進んでいった。デ・ジャ・ヴかと思った。郵便受けの中の見覚えのある格式ばった封筒に触れると、また悪夢がよみがえってきた。

「臆病者」彼女はそうつぶやくと、手紙を持って家の中へ入った。わざと何気ないふりをしてキッチンへ入ったが、エミリーはすぐに気づいた。

「なに、それ？」

「手紙よ」

「開けないの？」

もう金曜日まで待てない。エミリーにもすべて話さなくてはならない。「座って、エミリー。大事なお話があるの」引き出しからペーパーナイフを取り出して封を切った。やはり彼の弁護士からだったが、手紙を引っ張り出したら海岸の写真が二枚、カウンターの上に落ちてきた。なにかしら？　折りたたまれた分厚い便箋《びんせん》を開いて手紙を読んだ。

ミセス・ホイットニー

当方の依頼人のミスター・ボブ・ホイットニーより、これ以上弁護士の必要はなくなった旨、連絡がありました。そちらに、弁護士を介しての離婚審議最終手続きを継続するご意向なき場合、当方としては、手続きのすべてを中止致したく裁判所に申請する所存です。

どうか、三十日以内にそちらのご意向をお知らせください。

なお、ミスター・ホイットニーより手紙と写真を同封するよう依頼がありましたので、ここに同封いたします。

きれいにタイプされた手紙に、黄色い便箋《びんせん》の手書きの手紙がクリップで留められていた。震える手でその手紙を開き、ローラは読み始めた。

ディア・ローラ

ここ二週間、ぼくは何度も電話をしようとしました。でも、できなかった。口で説明できるとはとても思えないから、手紙を書くことにしました。長いこと黙っていてすまなかった。ローラ、君に知らせなければならないことがあります。どうか、驚かないでほしい。じつはぼくはある病気にかかっています。抑うつ性の精神疾患です。

病院でいろいろ検査をしてもらいました。脳の写真まで撮った。機能的磁気共鳴映像装置（ｆＭＲＩ）を使って。ほんとうのことを言うと、かなり前からどこかおかしいのではないかと思ってはいたんだけど。あの日、君がおやじの処方箋《しょほうせん》の話をした日、それをファックスで送ってくれたよね。あれがきっかけで、ぼくは本気で自分の体のことを考え始めました。医薬品の販売をしてるのだから、あの薬がどういう症状の治療に使われるのかくらい知っています。うちの会社でも、うつ病患者にはあれと同じような薬を薦めているくらいだから。それに、ああいう病気には遺伝性のものが多いことも知っている。だから、確認のために、自分はそうではないと証明してみせるためにも、友人の医師、ブランドン・ジェイムソンに診てもらいました。彼とは時々テニスをする仲なんだけど、じつはこの分野の専門医だから、検査をするだけじゃなくて、かなりの時間をかけてぼくの家族の歴史についても踏み込んだ質問をしてくれました。答えられないものもかなりあったけど――できるだけ正直に答えたつもりです。

あらゆる検査の結果から、コルチコトロピンという物質が、異常に多く分泌されていることがわかりました。君もおやじの病気をいろいろと調べてくれていたから、これがどういうことなのかわかるでしょう。わからなくても心配しないでください。治療できる病気だから。じつは、最近、ぼくの脳から多量に分泌されているこの化学物質を抑制する薬を飲み始めました。今のところまだ薬の量を微調整しているような段階だけど、すべてうまくいっています。医者の話によると、たぶんぼくはこれから一生この薬を飲むことになるらしい。

でも、規則的に薬を飲み始めてから、目に見えてよくなってきています。写真もまた始めました。グレッグたちとおやじの家を捜索しにいったときには薬を飲み始めたばかりだったので、まだなんとも言えなかったのです。空港でも話そうとしたのだけど、君の目に浮かんだあの傷ついた表情に圧倒されてしまって。あのときぼくは、もう手遅れかもしれないということに、初めて気づきました。

知ってのとおり、ぼくはここのところおやじの本に夢中になっています（ところで、十五番目の詩の最後の六文字を逆から読んでごらん）。おやじの手紙は魅力的です。ぼくたち親子のあいだに存在していた軋轢《あつれき》がなんだったのかはまだ理解できないけど、自分の中で容認し始めているような気がします。ひとつ確かなのは、以前は考えられなかったことだけど、おやじに対して尊敬の念を抱いているということ。それに、おやじの手紙のおかげで、おふくろを知ることもできました。

いよいよ、いちばん言いだしにくかったことを書きます。これまでのぼくの振る舞いをすべて病気のせいにするつもりはありません。それではずるい人間になってしまう。もっと早くになんとかしようと思えばできたのだから。でも、しなかった。これまでのぼくの行動はすべてぼくがしたことだから、その結果がどうなろうと、責任はすべてぼくにあります。ただ、もうだめなのかどうか、教えてほしい。つまり、君がもう一度やり直す気を起こしてくれるかどうか、ぼくたちにはもとに戻れるチャンスがまだあるのか。これからは、もっとずっとうまくいきそうに思えるのです。未来はそれほど虚しいものではないと。

まさか、おやじの言葉を借りることになろうとは思ってもみませんでした。これまでのぼくは、たとえ最悪の悪夢の中だろうと、おやじとの共通点があるなんて、これっぽっちだって認めたくなかったのだから。いつだって、おやじのことは頭のおかしなじいさんだとしか思ってなかったのだから。でもおかしくなかった。おやじも自分の最善を尽くして人生と格闘していたひとりの人間だったのです。ぼくとどこがちがうのでしょう?

おやじは自分は文章を書くのがうまくないと言っていたけど、それでも、最近ぼくが痛感した事実を伝えるのには、おやじの言葉以上にうまい言葉は見つかりません。

「ここに君がいないと、ぼくという人間は惨めそのものだ。ぼくは震えてしまう、なぜなら、君はぼくのぬくもりだから。ぼくは淋しくてたまらない、なぜなら、君はぼくの友人だから。ぼくは迷子になってしまう、なぜなら、君はぼくの道しるべだから。君はぼくの中にある良いところを、すべて見つけてくれます。たとえどんなに些細《ささい》なことでも。朝には君の笑顔が見たい、夕には君の手で触れてもらいたい」

手遅れでないことを祈っています。どうか、返事をください。

愛をこめて、ボブより

この手書きの手紙を読んで、ローラは立っていられないほどの衝撃を受けた。倒れないように壁につかまったまま、わっと泣きだした。

「どうしたの、ママ？　お手紙、なんだったの？」

エミリーをきつく抱きしめて、泣きながら言った。「大丈夫。ママはうれしくて泣いてるの。さあ、荷物をまとめてらっしゃい。人生を取り戻しにでかけるわよ」

外では風がますます激しくなってきていた。エミリーが荷物を用意しているあいだに、ローラは何度か空港に電話をして、飛行機の切符を取ろうとした。太平洋から接近中の嵐がもたらした強風のために、サンディエゴ行きの便はすべて欠航となっていた。そのために、ロス近辺へ予定どおりに出発する便はどれも満席だった。彼女は地図をつかむと距離を測った。十時間はかかりそうだ。でもどうせ、眠れそうにない。夜通し走れば朝には着ける。

彼女は受話器をつかむとボブに電話をした。留守電になっていた。留守電に手紙の返事を残すのはためらわれた。やはり、顔を見て言わなければ。スーツケースに荷物を詰め込むと、エミリーを連れて車に乗った。エミリーは後部座席で二枚の毛布にくるまり、ローラは暗がりの中をボブの住む州に向けて出発した。


受信記録にローラの電話番号が残されていることに気づいて、ボブは焦って電話をした。だれもでない。携帯にもかけてみた。つながらない。二時間後に、もう一度かけてみた――まだつながらない。時間つぶしにハリーの本を手にとって読み始めた。以前はばかばかしく思われた言葉が、今では深遠な意味をもっていた。
ページをめくり、二十四番目の詩に目をとめた。もう一度、今度は慎重に読んでみた。

あくせく、くさるな、庭仕事

ぼくが幼い子どものころに
父が手を取りこう言った。
庭仕事をしよう、どうだ、いっしょに？
さっそく土を掘り返した。

いっしょに作業をするときも
父が必ず見守ってくれる。
いいの？　ぼくがこれをやっても？
父は気にしてないように見える。

いっしょに立って並んで見ると
意味のわかってくる作業。

今、あの作業を振り返ると、ふと、
人生そのものを学んだように思う。

あせらず耕す――準備の大切さを知った。
あせらず植える――希望の種を蒔くことを知った。
あせらず話し合う――愛されていると知った。
あせらず肥料をやる――収穫するだけでなく還元することを知った。
あせらず水をやる――植物に、水と日光と土が必要なように、
　人間にも生活のバランスが大切だと知った。
あせらず余計な草を取る――取り除かないと、育たないことを知った。
あせらず見守る――我慢《がまん》することを知った。
あせらず祈る――人生のすべてが神の恵みだと知った。
あせらず間引く――大きく広がるためにはスペースが必要だと知った。
あせらず刈り込む――甘い実を育てるためには、余分なものを刈り込まなければならないことも
　あると知った。
あせらず刈り取る――一所懸命やれば素晴らしい収穫があることを知った。
あせらず感謝する――謙虚な気持ちになることを知った。

父が亡くなり、ぼくが親に、
今度はぼくが、子に教える番。
庭仕事をする、ふたりでいっしょに
土を掘る、日が、頭上で燦燦《さんさん》。

思いだしつつ、頭を下げて
父に謝る、ごめんなさい。
やってみたけど、無理だって、
ぼくには庭造りはできない。

でも、父親になってみてわかる、
そんなことはどうでもいいんだ。
庭造りのためにここにいる?
いや、育てているのは、人間なんだ。

「やっぱな」、エミリーなら「ちっ!」と言うところだ。よくできたパスワードだ。それでいてはっきりしている。ハリーはこの詩に「あくせく、くさるな、庭仕事」という題名をつけている。が、これでは「あくせく働け」といっているのかどうか、わからない。けど、詩の中で肝心なのは「庭仕事」ではないと言ってるじゃないか。人間を育てるんだと。そのためには、余計なくさを取ればいい、と。あせらずにね。――なんてよくできてるんだ、ボブは思った。「あくせく、くさるな」からくさを取る……。

彼はラップトップを開くと、「あせるな」とパスワードを入れた。手紙が出てきた。

ディア・エミリー

人生にはいろいろな教訓がありますが、今日お話しするのは、その中でもいちばん難しい、許す、という教訓です。それも、他人を許すのではなくて、自分を許す話です。

私はこれまでずっと苦しみと怒りを山積みにした人生を送ってきました。傷ついても傷口を治しもしないで膿みただれたままにしてしまった――それも、自分でつけた傷を。でも、人生を終えようという今になって、彼女が生きていたら、私を許してくれていたはずだと思えるようになりました。もしここにキャサリンがいたら、私にやさしく腕を回して、私にキスして、そして、もういいのよと言って私を許してくれたことでしょう。

エミリー、人は自分の行いに目をつぶらず、できる限り罪をあがなわなければいけません。でも、そのあとは自分を許して前進しなくてはいけない。

キャサリンが死んだ話は前にもしたけど、じつは私のせいで死んだのです。彼女は私がかっとなって暴言を吐いたために、家を出ていったのです。私は戻ってきてくれと懇願しました。そして、彼女は戻ってくる途中、事故に遭って亡くなりました。同乗していた君のお父さんとミッシェルおばさんは、大したけがもせず無事だったけど、キャサリンだけが死んでしまったのです。

その日以来、私は毎日毎日地獄の苦しみを味わいながら生きてきました。でも、今、自分の死期が近づいてみてわかりました――こんなにも苦しみ続けたのはまちがいだった、彼女が生きていたら許してくれていたはずだ、と。

エミリー、楽に生きていかれる保証などだれにもありません。みんないくつもの試練に直面して、それを乗り越えることで学び、成長するのです。生まれてきたからには、自分の力を証明し、成長し、すべてを克服するのです。試練は次々と絶え間なくやってきては、君を悩ませ、決断を迫り、疑問を投げかけてくるでしょう。試練を乗り越えて成長していくうちには、一日中頑張ったのに結局は行動力も精神力もまだまだ足りなかったと思える日もあるでしょう。一歩下がって。深呼吸して。今日の過ちから学びなさい。そうやって明日に備えなさい。一日一日を全力で生きるのです。それでも自分の力が不足していると思える日にはどうか、自分を許してやってください――自分を許して前進してください。私もそうやって生きてくればよかった。

キャサリンがいないのは悲しいけれど、彼女が私のところへ戻ってこようとしていたという事実は慰めになります。私は全身全霊をかけて、彼女を愛した。彼女も私を愛してくれた。うまく説明できないけど、もうすぐ彼女が私に会いにきてくれるような気がします。また、彼女といっしょになれるのが待ち遠しい。

エミリー、君に会えなくなるのは淋しいけど、ようやく私は幸せになれるのです。私のことを覚えていてください。君のおばあさんのキャサリンのことを覚えていてください。私たちも君のことを見守っています――君を励まし続けます。

愛をこめて、ハリーおじいちゃんより

手紙を読み終えると、不安がこみあげてきた。頭の中でハリーの最初の手紙のあの言葉がこだました。「不思議なことに、人生は繰り返すものです」

彼は受話器を取るとまた電話した。だれもでない。いったん受話器をおいて、今度は番号案内にかけた。すぐ、つながった。

「もしもし、あの――ええっと、たしか……グラントだ。グラント・ミドグレーをお願いします」

彼は言われた番号を封筒の裏に書きとめ、すぐにかけてみた。呼びだし音が一度鳴っただけで応答があった。

「グラント・ミドグレーです」

「もしもし、ボブ・ホイットニーです。ローラの夫の。ローラからなにか連絡がなかったかと思いまして。家にいないから、心配で」

「ああ、ボブさん。ええ、さきほど。電話があって、二、三日休暇をくれと言ってました。そう言えば、あなたに会いにカリフォルニアまで行かれるとか言ってましたけど。どうしても片づけたい用があるからって。そちらには連絡はなかったんですか？」

「ええ。たぶん、急に来てびっくりさせるつもりなんでしょう。すみませんが、どの便に乗ったかご存知ありませんか？」

「車で行くって言ってましたよ」この返答にボブは愕然《がくぜん》とした。

「こんな天気なのに、車で？」

「たぶん、満席で取れなかったんでしょう。この嵐じゃ、かなりの便が欠航になってるはずだから。でも、まさか夜のうちに出発するとは思わなかったな」

「わかりました。とにかく、なんとか連絡をとってみます。どうもお騒がせしました。彼女からなにか連絡があったら、こっちに電話するように伝えてもらえますか？」

「ええ、もちろん」

ボブは自分の電話番号を伝えると、電話を切った。時計を見て、また彼女の携帯に電話してみた。

「ただいま、回線が込み合っております。しばらくしてからおかけ直しください」

彼は受話器にどなりつけて、イライラを解消させた――テープの録音の声に理解できるわけないのに。部屋を行ったり来たりして、テレビをつけて天気予報専門のチャンネルに合わせた。アナウンサーが暴風雨の予報を詳しく伝えていた。嵐は勢力を増して内陸方向へと進んでいた。「雨の日の運転は苦手なくせに」彼はそうつぶやいてからテレビのスイッチを切った。

「不思議なことに、人生は繰り返すものです」。この言葉がまたこだましてきて、どうにかなってしまいそうだった。自分は絶対にハリーのようにはならないと誓ったはずなのに。こんなに似てるなんて、恐ろしくなる。ハリーがキャサリンを失ったように、自分もローラを失ったら、どうやって自分を許すことなどできるのか？　ハリーのように孤独に生きて、孤独に死ぬしかない。また部屋をうろついて、テレビをつけて、チャンネルを次々と乱暴に送り、リモコンを投げつけた。不安を和らげるために海岸まで走っていきたかったが、雨脚は激しく、嵐はいよいよ荒れ狂っていた。

ワイパーを最高速度にまで上げても前はよく見えない。ローラはこんな長時間運転しつづけるのは初めてだったから、もう目が焼けつくようだった。停まって休憩しようかと何度も思ったが、そのたびにあの手紙の言葉が脳裏に響いてきた――「……ぼくは震えてしまう、なぜなら、君はぼくのぬくもりだから。ぼくは淋しくてたまらない、なぜなら、君はぼくの友人だから。ぼくは迷子になってしまう、なぜなら、君はぼくの道しるべだから……」

雨ごときに家族を引き離されてたまるもんですか、と彼女は意を決した。この一年、どんな嵐にも耐えてきたのだから、今度もあきらめない。キャサリンだってハリーのもとに戻ったのよ。今度は私の番。

雷鳴がとどろいて、エミリーが起き上がった。

「ママ、大丈夫？」

「大丈夫よ。寝てなさい。まだ二、三時間はかかりそうだから」

彼女は冷静さをとり繕《つくろ》おうとした。ワイパーの規則正しいリズムを雷鳴が打ち砕くたびに、彼女はハンドルを握り締めた。エミリーに自分が怯《おび》えていることを悟られるわけにはいかない。


一睡もせずに朝を迎えて、ボブはげっそりしていた。カウンターに頭を載せて、うつらうつらしていた。窓の外にパトカーの赤いライトが近づいて来るのが見えた。ほんとうに、そういうことなのか？　ボブは泣きたくなった。雨はまだ家の窓ガラスに打ちつけている。土砂降りの雨を透かすように目を細めて見ていると、制服を着た警官がひとり、車から降りて雨から逃げるように玄関に向かって走ってきた。

ベルが鳴った。彼は重い足取りでドアに向かった。頭の中がぐるぐる回りだした。なんてことをしてしまったんだ？　警官がどんどんとドアを叩《たた》いた。ボブはノブを回してドアをゆっくりと引いた。

ポーチの下で雨にぐっしょり濡れて立っていたのは、ローラとエミリーとCHP〔カリフォルニア・ハイウェイ・パトロール〕のウェイン・ポター巡査だった。説明など待たずに、彼はローラをきつく抱きしめた。エミリーがふたりにかじりついて、三人は立ったまま抱き合って泣いた。

最初に口を開いたのはボブだった。「戻れなかったんだよ、ローラ」

「キャサリンは。戻る途中で死んだんだ」目を見れば、彼がどれくらい恐ろしい思いをしていたのかが察せられた。

「えっ?」

「でも私は戻ったわ。私はあなたのところに戻ってきた」

ふたりはまた抱き合い、警官はあとずさりして言った。

「いやあ、ご家族がまたいっしょになれてよかったです。ところで、この辺《あた》りの雨はまだまだこれから激しくなりそうですが。奥さんの車、放っておいたらいつまでも溝の中から出てきませんよ。レッカー車を呼びましょうか?」

「あと二、三マイルってところで、うとうとってしちゃって、溝にはまったの。レッカー車を呼ぶより先にここに連れてきてくれって頼んだものだから。ごめんなさい」

「いいよ、車なんか」ボブが答えた。「溺《おぼ》れさせておけば」

Epilogue エピローグ

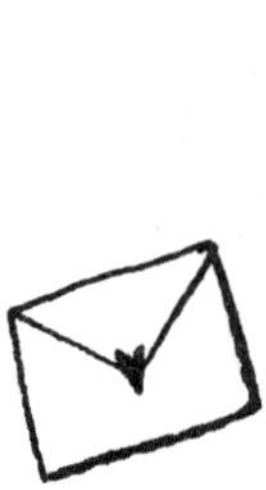

ハリーの本は後部座席に置いた。道々車中で読めるように。二十六編のうち、解けたのはまだ半分以下だ。でも、残りもそのうちわかるだろう。謎はまだまだ残されている。

ユーホル〔大型車のレンタルシステム〕から借りたヴァンを運転して、墓地の門を通り抜け、南に下って停めた。まず自分が降りてから、ローラとエミリーを降ろした。三人は手をつないでハリーとキャサリンの墓地へお別れを言いに向かった。並んで立つ小さな花崗岩の墓標の前に黙って立った。

ボブは自分の人生に起こった変化のことを考えていた――ハリーが教えてくれた教訓を。

ローラは人生を取り戻すのに手を貸してくれてありがとうと、心の中でささやいた。

エミリーはチェッカーができなくなったことを悲しんでいた。

それぞれ、口には出さずに祈りを捧げたあと、ボブはポケットに手を入れると手紙を一通取り出して、エミリーに渡した。エミリーの考えたことだった――彼女はかがんで、キャサリンの墓石にハリーの最後の手紙が入ったその封筒を置くと、満足そうにほほ笑んだ。封筒は表向きに置かれたので、宛て名が見えていた。年月を経て黄ばんではいたが、まだ、「キャサリン・ホイットニー　天国」という字は残っていた。しかし、その下には新たな文字が書き加えられていた。「差出人へ返送――住所不明」という冷酷な郵便局のスタンプには線が引かれて消され、その下に、エミリーの手で、鉛筆書きで、新しい文字が、愛と希望に満ちた文字が、心をこめて書き加えられていた――「手渡しのこと」

エミリーが手紙を置いたのを見てからローラは言った。「これでハリーが持っていくわね。道はわかってるでしょうから」エミリーはにっこり笑った。

ボブをひとりにしてあげたほうがいいと感じ取ったローラはエミリーの手を引いて、先にヴァンに戻っていった。ふたりが充分離れていくまでボブは待った。今もまだ、自分の気持ちを話すのは苦手だ。彼はいちばん胸にこたえた――自分にとっていちばん意味のあった――手紙を思い返した。それから、そっと話しかけた。

「父さん、また木から落ちたよ。四歳のときも、十二歳のときも落ちたよね。でも、今度はもう三十六歳だ。面と向かってお礼を言いたかったんだ。ありがとう。捕まえてくれて、地面に叩《たた》きつけられる前に助けてくれて。どうして俺のことがわかったのか不思議だけど、でも、助けにきてくれたんだよね。ありがとう、父さん」

ボブは安らかな気持ちでヴァンに戻った。運転席によじ登ると、太陽の光がエミリーの茶色い髪に反射していた。エミリーが声をはずませて言った。

「ねえ、サンディエゴまでどれぐらいかかるの？」

Acknowledgments——謝辞

おおぜいの友人たちが力を貸してくれなかったら、この本を書き上げることはできなかっただろう。以下の方々に心より感謝したい。

　初めて私を作家と呼んでくれたKSLラジオのアマンダ・ディクソン——彼女の忠告はつねに的を射ていた。絶対にいい加減な読み方をしないすばらしいエージェントのドリアン・カーチマー——彼女には才能と根気はもとより、ユーモアのセンスもある。ポケットブックス社の社長ジュディス・カー——彼女は欠点だらけの私の作品の中に可能性を認め、「イエス」と言ってくれた。ポケットブックス社のたぐいまれなる編集者にして私の強い味方マギー・クロウフォード——彼女の忍耐力、指導力、そして知識に感謝する。彼女こそ真のプロだ。カレン・メンダー、シール・バレンガーをはじめとするポケットブックス社の優秀なスタッフのみなさん——この本が成功に到るとすれば、それは彼らの努力と創造力によるところが少なくない。惜しみない支援をしてくれたニューヨーク・タイムズのベストセラー作家、ジェームズ・プラット。あたたかい励ましの言葉をかけてくれたシナリオ作家のレイ・ゴールドラップ。最初の校閲の際、忌憚のない意見によって大いに助けてくれた編集者キャシー・アシュトン。最初から明るい展望をもって見守ってくれたアール・マドセン。妻のアリシン——彼女は何度となく原稿を読み返してくれただけでなく、いつも熱心に耳を傾けてくれた。そして、この本を生み出す思い出をくれた私の祖父——ハリー・S・ライトに。

訳者あとがき

なぞときの好きな人は多いと思う。なぞときは苦手だと言う人でも、おとなになるまでに一度もなぞなぞ遊びをしたことがないという人は珍しいのではないだろうか。「赤信号でも、わたるのは、どんな虫?」我々の子供のころの答えは「信号ムシ」だったのに、平成九年発行の『なぞなぞブック1・2年』では「うごける虫ならなんでも」となっている。なぞなぞも進化している。なぞなぞの歴史を振り返ってみれば、ギリシャ神話のテーバイの王オイディプスが死者の国の怪物スフィンクスに出題されたなぞなぞ(朝は四本足、昼は二本足、夕は三本足のものはなに?)、マザーグースにうたわれている数々のなぞなぞ(たとえば、「地面は白くて、種は黒い、このなぞとくには、勉強しなくちゃ」)やなぞとき(たとえば、「ハンプティー・ダンプティー」に隠されたなぞ)、怪盗ルパンの8・1・3のなぞ、などなど、いくらでも出てくる。もっとも、神話をもち出すまでもなく、そもそもなぞときというものは、あるヒントからそれとはかけ離れたものを連想して結びつけるという、一種の神秘的な行為だと言ってもいい。

本書の主人公ハリー・ホイットニーは死んでからこの世に生きる家族になぞときを迫る。まさに、神秘的である。しかもそれを、人間の感情表現の一形態である「詩」の中にひそませる。さらにそのなぞをとくと、あの人知の最先端とも言える(訳者にとっては超人的としか思えない)パソコンのファイルが開かれる仕組みになっているのである。そして、そこから引き出されたものは、何にも替えがたい家族愛だったから、これはもう三位一体とさえ言いたくなるような結びつきだ。この小説のテーマとしてあげられるもののひとつに「ねじれた親子関係」があるが、このねじれをほぐすには、このくらい巧妙な仕掛けが必要だった、ということなのかもしれない。

そして、その巧妙な仕掛けを生み出したのが、作者、キャムロン・ライトである。現在彼はユタ州ソルトレークシティ南部に広がるウォサッチ山脈のふもとの町で妻と四人の子供とくらしている。大学卒業後はビジネス界で活躍していたが、「中年の危機」を契機に執筆活動を始め、この『エミリーへの手紙』で名実ともに小説家としてのデビューを果たすことになった。本書を書き終えたとき、地元の出版業に携わる友人に見せたところ、その友人は一読するなり夢中になって、二人でこの小説を世に出そうということになったそうだ。といっても、なにしろ無名の作家だから、大手出版社が版権を買ってくれるわけでもなく、著者本人が、デザインから、宣伝まで行い、はては営業活動のために、自ら車のトランクに本を詰めこんで、ソルトレークシティを中心に半径百マイル四方の本屋を回ったそうである。しかし、この努力が報われるまでに、そう長くはかからなかった。「読み出したら途中でやめるわけにはいかない」という評判が、あっという間にその百マイル四方に、そしてユタ州中に、さらに全米に広まり、ついには大手出版社「ポケットブックス社」が版権買い取りに乗り出したのである。

こうして大々的に世に出た『エミリーへの手紙』だが、エミリー宛の手紙の執筆者であるハリー・

ホイットニーは、完全なるフィクションではない。実は、一九九六年に他界した作者の祖父ハリー・S・ライト氏がモデルとなっている。祖父のハリーが生前家族に書き遺した詩が、作者ライトに本書執筆のインスピレーションを与えたらしい。原書の巻末には、主人公ハリーではなくて作者の祖父のハリーの書いた詩が数編掲載されているが、翻訳書を出版するにあたって、作者の了承のもと、割愛させてもらった。読者の心の中に植え付けられた「ハリーおじいちゃん」のイメージと、重なりすぎても分離しすぎてもいけないと思ったからである。実在したハリーの詩は、家族や自然への愛をもっと真面目に、素朴な口調でうたったものとなっている。一方、物語の主人公ハリーの詩は、本文をお読みいただければわかるとおり、かなりユーモラスな単語の羅列からなる詩が多く、内容はさておき、その語調自体が楽しめるものとなっている。しかし、その詩から引き出される「エミリーへの手紙」の中には、自分の歩んできた人生や、自分の真の姿を知ってもらおうというハリーの気持が痛ましいまでに切々と綴られている。とはいえ、その手紙を読んだ家族にとって大切なことは、作者があるインタヴューの中で語っているように、「ハリーについての新事実を知ることではなくて、自分自身の人生を知ること」であろう。そして、それは登場人物にとどまらず、すべての読者にもあてはまる。ここに至って、ようやく「なぞとき」は完了する。

しかし、訳者二人はそれ以外にも、この現代社会を生きて行くのに欠かせない大切なことをもうひとつ教わった。パソコンを使いこなすことである。いつまでも「超人的」な機械だなどと言って敬遠していないで、そろそろ何とかしなくてはいけない。時には現代文明批判の標的にされるこのIT時代の寵児パソコンが、こんなにも血の通った、人間的なものだったと知ったからには。

ちなみに、翻訳作業中、細かい点で解釈に悩んだ際、「ボンネットを一度も開けたことのないドライバー」並みの知識でパソコンに向かい、メールを打つことで作者に質問することができた。こうしてどうにか訳了に至ったのは、即座に質問に答えてくれた作者キャムロン・ライト氏と、パソコンと、そして、いち早く私家版の本書を見つけて我々に翻訳をすすめてくれて、その後も絶えずメールで励ましてくれたNHK出版の猪狩暢子さんのおかげである。ここにも三位一体があった。この場を借りて御礼申し上げたい。さらに、本書の原動力になった作者の家族と、我々の家族と、世のすべての家族思いの人々に感謝しつつ――

二〇〇二年五月

小田島　則子
小田島　恒志

[著者紹介]

キャムロン・ライト *Camron Wright*

アメリカ、ソルトレークシティ近郊在住。
1996 年に亡くなった祖父が家族に遺した詩集をヒントに『エミリーへの手紙』の執筆を思い立ち、自費出版をする。口コミでひろまってたちまちユタ州のベストセラーになり、2002 年 Pocket Books より全国発売された。アメリカ中から読者の感動のメールが続々と寄せられている。現在次作を執筆中。

[訳者紹介]

小田島則子（おだしまのりこ）

早稲田大学博士課程、ロンドン大学修士（MA）課程修了。

早稲田大学ほか、非常勤講師。

おもな訳書に J・T・ウィリアムズ『クマのプーさんの魔法の知恵』、共訳書に、J・T・ウィリアムズ『クマのプーさんの哲学』（河出書房新社）、G・マイヤー『英国の著名小説家十人』（開文社）など。

小田島恒志（おだしまこうし）

早稲田大学博士課程、ロンドン大学修士（MA）課程修了。

早稲田大学助教授。

戯曲の翻訳活動により湯浅芳子賞（1995 年度翻訳・脚色部門）を受賞。

おもな翻訳戯曲に J・ソボル『GHETTO ／ゲットー』、D・サミュエルズ『エヴァ、帰りのない旅』、T・ウィリアムズ『欲望という名の電車』など。訳書に M・フレイン『コペンハーゲン』（劇書房）、共訳書に R・クーニー『レイ・クーニー笑劇集』（劇書房）、J・モーリー他『シェイクスピア劇場』（三省堂）など。


これまでのふたりの共訳書には、J・ソブラン『シェイクスピア・ミステリー』（朝日新聞社）、R・カーチス他『ビーン』、『Mr. ビーンのらくがき帳』、T・パーソンズ『ビューティフル・ボーイ』（三冊とも河出書房新社）がある。

[校正]
榎本正巳

エミリーへの手紙

2002(平成14)年6月25日　第1刷発行

著者◎キャムロン・ライト

訳者◎小田島則子・小田島恒志

発行者◎松尾　武

発行所◎日本放送出版協会
〒150-8081　東京都渋谷区宇田川町41−1
電話　(03)3780-3319（編集）　(03)3780-3339（販売）
ホームページ　http://www.nhk-book.co.jp

振替◎ 00110-1-49701

印刷◎亨有堂/大熊整美堂

製本◎田中製本

定価はカバーに表示してあります。
落丁・乱丁本はお取り替えいたします。

ISBN 4-14-005390-9 C0097 Printed in Japan